「にゃあ」
Charac
ステラ
様々な世界が
【世界の間】に住んでい
る、世界線を超越した奇
跡の猫。優夜が人生に
絶望していた頃から【世
界の間】でずっと彼を見
守り続けてきた
奇跡の猫

『剣聖』vs『刀聖』
「――なんだ、この程度か」
Character
シュウ・ザクレン
サムライのような風貌をしている、謎に包まれた『刀聖』。世界に『邪』が発現する根源を絶つべく、『聖』による全人類の管理計画の始動を宣言する

「――これで終わりよッ！」
Character
イリス・
ノウブレード
優夜たちと神々の戦いに
参戦し、超常の力“神威”を
習得した『剣聖』。同じ『聖』
の称号を持つ『刀聖』シュ
ウの暴挙を阻止するため
に動き出すが……

「こっちにおいで」
Character
天上優夜《てんじょうゆうや》
様々な世界を狙う《侵略者》との戦いに備え、新たな力“妖力”の修行に励む、自称：普通の高校生。王星学園のオープンキャンパスにも駆り出される

異世界でチート能力《スキル》を手にした俺は、現実世界をも無双する14

～レベルアップは人生を変えた～

美紅

ファンタジア文庫

3313

口絵・本文イラスト　桑島黎音

異世界でチート能力《スキル》を手にした俺は、現実世界をも無双する14
～レベルアップは人生を変えた～

I got a cheat ability in a different world,
and became extraordinary even in the real world.14

Miku illustration:Rein Kuwashima

プロローグ

スタープロダクションの事務所にて。

大人気アーティスト・歌森奏《うたもりかなで》が事務所の一室で休んでいると、そこに、これまた超人気ファッションモデルの御堂美羽《みどうみう》がやって来た。

「あれ？　奏さん？」

「あ、美羽ちゃん！　久しぶりだね」

同じ事務所とはいえ、歌手とモデルの二人は、顔を合わせる機会が中々なかった。

「仕事は順調？」

「ええ。最近は新しい雑誌の表紙も担当させてもらったり……ありがたい限りです」

「さすがだね！」

「そういう奏さんは？」

美羽がそう訊《き》くと、奏は楽しそうな表情を浮かべた。

「まあ新曲とか作ってるけど、この前、一つ面白い仕事があったんだー」

「面白い仕事、ですか？」

「そう！　ほら、僕が王星《おうせい》学園の学園祭に呼ばれたのは覚えてる？」

「ええ」

「どういうわけか、またその王星学園から依頼があったんだよ」

「そうなんですか？」

　予想外の言葉に驚く美羽。

　すると、奏は続けた。

「僕も驚いたんだけどさ、曲を提供してほしいって言われたんだ」

「もしかして、校歌とか、学園の応援歌とかの依頼でしょうか？」

「普通はそう思うよね？　でも違ったんだ！」

「え？」

　驚く美羽に対し、奏はニヤリと笑った。

「なんと……スクールアイドルのための楽曲依頼だったんだよ」

「す、スクールアイドルですか？」

「そう！　まさかあの王星学園がスクールアイドルなんて企画するとは思わなかったよねー。しかもその依頼、社長からも受けるように言われちゃってさー」

「社長がそこまで関わってるんですね……もしかして、また優夜《ゆうや》さん関係でしょうか？」

奏も学園祭のステージで優夜と共演しているため、優夜のことは知っていた。

「僕も最初はそう思ったんだけど、そのスクールアイドル、女の子のグループらしいよ？」

「え、そうなんですか⁉」

「うん。だから、僕も可愛《かわい》らしくて元気な曲を作ったんだ。聞いた話だと、最初のステージは大成功だったらしいよ」

そこまで語った奏は、ソファーにもたれかかる。

「でも、いきなりスクールアイドルを企画するなんて、王星学園は一体どういうつもりなんだろうね？　社長は何か知ってるみたいだったけど……美羽ちゃん、何か知ってる？」

「いえ、私も今初めて聞きました」

「そっかー。まあでも、また優夜君と共演できる可能性があるなら、少し楽しみだねぇ」

朗らかに笑う奏をよそに、美羽も優夜のことを思い返す。

「……もしかしたら、また優夜さんと一緒にお仕事が……」

社長と王星学園の間で何が進んでいるのかは分からなかったが、美羽は再び優夜と出会えることを祈るのだった。

＊＊＊

並行世界の『俺』との戦闘、そして仮面の男の襲撃の後、何とか帰宅した俺。

すると、先に帰っていたレクシアさんたちだけじゃなく、ナイトたちもわざわざ玄関まで迎えに来てくれた。

「ユウヤ様、お帰りなさい！　ずいぶん遅かったわね？」

「た、ただいま。その、色々ありまして……」

「ユウヤ、メイコが晩御飯の支度をしてくれているから、すぐにでも食べられるぞ」

「え、そうなの？」

俺がルナの言葉に驚くと、冥子《メイコ》は恥ずかしそうに笑った。

「そ、その……簡単なものしか作れませんでしたが……」

「作ってくれただけでも嬉《うれ》しいよ。ありがとう」

「そうだぞ。メイコが料理してくれなかったら、またレクシアが自分で料理するとか言い出しかねないからな……」

「ちょっと、どういう意味よ！」

「空腹。何でもいいから早く食べたい」

いつものようにルナとレクシアさんが言い争いを始めると、ユティが淡々とそう告げた。

それと同時に、空腹を告げる可愛らしい音がルナとレクシアさんのお腹《なか》から聞こえてくる。

「そ、それもそうね……」

「ああ……私たちも今日は疲れているからな……」

頬の赤みを誤魔化すように二人は笑うと、そのまま食卓へ移動していった。

「はい、そうですね。では、ご主人様。支度が整いましたら、食卓へぜひ……」

「準備。早く早く」

ユティに急《せ》かされる形で冥子たちも食卓へ向かった。

すると、俺たちのやり取りを黙って見ていたオーマさんが口を開く。

『ずいぶんと遅かったが、何かあったのか?』

「え?」

「隠してるつもりかもしれんが、顔に出とるぞ。それに、出かける前に比べてあり得んほど妖力が増えておる」

オーマさんだけでなく、空夜《くうや》さんにまでそう言われてしまった。

隠すつもりはなかったが、俺の中でまだこの状況を呑《の》み込めておらず、どう説明したらいいのか分からなかったのだ。

するとと、空夜さんは目から紫の光を放ち、そのまま俺を見つめる。

「！　……これはまた、面倒なことになったのぉ」

「あ……妖術で俺の記憶を見たんですか？」

「まあの。さて、恐れていたことが起きてしまったようじゃな」

『なんだ、もったいぶらずに話せ』

深刻な表情を浮かべる空夜さんに対して、オーマさんは少しいら立った様子で急かした。

「そうじゃな……オーマ殿も知っての通り、優夜が倒した虚神《うつろがみ》とやらの影響で、冥界と現世の境界線が消滅した。じゃが、消滅した世界間の境界線はそこだけではない。次元と次元を隔てる境界線すらも消し飛ばしてしもうたのじゃ」

『フン。考えれば考えるほどはた迷惑な存在だな』

「そうじゃな。そして、冥界と現世の境界線は冥界の主《あるじ》・霊冥《レイメイ》様の手で修復された。しかし、次元間の境界線は消えたままじゃ。その結果……優夜、お主はもう一人の自分と戦ってきたんじゃな」

『なっ⁉』

「わふ？」

驚きの声を発するオーマさんに対して、ナイトたちはまだ理解できていないのか、それぞれ顔を見合わせて、首を捻《ひね》っている。

『も、もう一人の主だと？　そんなことが……』

「麿《まろ》も驚いた。それも、この優夜以上の妖力の使い手であり、霊力まで駆使するとは思いもせんかったのう。……じゃが、それ以上に困ったことになったな」

『何？　もう一人の主が現れたと言うだけでも大問題だと思うが、それよりもさらに困ったことだと？』

「そうじゃ。麿も詳しくは知らんが……そのもう一人の優夜の話によると、あらゆる世界を征服して回っている妙な連中がいるんじゃろ？」

「そうですね」

『世界征服？　フン、くだらんな……』

「麿もそう思うが、相手の実力は未知数。それに、もう一人の優夜の話から察するに、その星を征服するというのではなく、文字通り、世界……その次元そのものを掌握してくるそうじゃ。そして、そんな連中が次に目を付けたのが……この世界じゃな」

『……むぅ。主はどうしてこう、妙な連中に目をつけられまくるんだ……』

「俺だって不本意です……」

俺だって、好きで色々なトラブルに巻き込まれているわけじゃないが……。

「それよりも、これからどうするべきだと思いますか……？」

「そうじゃな……相手が次元を渡るような存在である以上、麿たちから仕掛けるのも難しかろう……」

「やっぱり、襲撃に備えて修行するしかないってことですかね……」

「そうじゃな……相手の戦力が不透明じゃから、まだ何とも言えんが、強くなっておくに越したことはない。麿が妖術で見たもう一人の優夜の戦闘力も決して低くはなかった。むしろ、妖術を使いこなすという点で言えば、麿と遜色なかろう。しかし、そんなもう一人の優夜でさえ、その謎の存在たちからすれば一つの駒に過ぎなかった……一体、相手はどれほどの実力を持っているのやら……」

暗い空気が漂う中、俺は改めて一つ決意した。

「空夜さん。俺にもっと、妖術を教えてください。もう一人の俺にも……頼まれましたから」

もう一人の『俺』は、この世界を守ってくれと言った。

そして彼は消えゆく中で、自分が持っていた妖力を俺に託してくれたのだ。

並行世界から来たとはいえ、同じ存在だからか、莫大《ばくだい》な妖力を受け取っても、俺に影響は特になかったようだ。

俺は彼の意志と力を託されている。

何より、俺自身もヤツらにこの世界を好き勝手させるつもりはなかった。

そんな俺の決意を受け、空夜さんは頷《うなず》いた。

「……もちろんじゃ。相手がいつ来るかも分からんが、少しでも優夜に麿の妖術を授けるとしよう」

「ありがとうございます！」

「それと……麿は麿で動いてみようと思う」

「え？」

「麿だけでは何もできんが、霊冥様であれば、この状況をどうにかする手段を知っておるかもしれんしな」

「なるほど……」

確かに、冥界の主である霊冥様なら、あの謎の襲撃者の正体も知っているかもしれない。

俺だけなら霊冥様と連絡を取り合うなんて不可能だっただろうが、空夜さんの本体は冥界にいるため、何とか霊冥様に連絡をすることもできるはずだ。

こうして俺たちは、謎の襲撃者に備えて動き始めるのだった。

＊＊＊

優夜たちが次元を超える侵略者に備えている頃、異世界では……。

「――――始めろ」

『刀聖《とうせい》』シュウ・ザクレンは、静かにそう告げた。

シュウの指示を受け、シルクハットを被《かぶ》った一人の男が角笛を取り出すと、豪快に吹き鳴らす。

その瞬間、男の持つ角笛から凄《すさ》まじい魔力の波動が広がった。

それは瞬《また》く間《ま》に全世界を駆け巡り、あらゆる場所で人々はその音を耳にした。

「何だ？　この音……」

「どこから聞こえてくるんだ⁉」

「何だ何だ？」

謎の音を前に、世界中の住人が混乱に陥ってしまう。

すぐさま各国は軍隊を動かし、謎の音の原因を探ろうとするも、誰もシュウたちの存在を突き止めることはできなかった。

するとそれに続いて、上空に巨大な映像が浮かび上がる。

そこには、感情の読めない微笑《びしょう》を浮かべたシュウの姿が映っていた。

「な、何だぁ！」

「誰だよ、アレ……」

「何かの祭りなのか？」

未《いま》だに状況が摑《つか》めない世界中の人間に対して、シュウは静かに口を開く。

『初めまして、諸君。私は『刀聖』――――シュウ・ザクレンだ』

シュウの自己紹介を耳にした人間たちは、目を見開いた。

「と、『刀聖』って……『剣聖《けんせい》』イリス様と同じ、『聖《せい》』の仲間ってことか？」

「あんな人もいるんだな……」

同じ『聖』でもイリスと違い、ほとんど人前に出ることがなかったシュウの存在は、この時初めて知れ渡ることになった。

それと同時に、謎の音やこの映像魔法が『聖』である存在によるものだと判明したことで、映像を眺める人々は警戒を緩めた。

だが……。

『唐突だが、我々は君たち人類を管理することにした』

あまりにも突拍子のない言葉に、皆が言葉を失う。

当然、映像魔法である以上、シュウがその光景を目にすることはできない。

『いきなりのことで困惑しているだろうか。だが、君たちにはいくらでも時間があった。それでもなお、その在り方を変えなかったのは君たちだ。故に、これは当然の結果と言える』

「こ、この人は何を言ってるんだ？」

「管理ってなんだよ！」

「よく分からないけど、冗談よね？」

混乱を極める世界中の人々に対し、シュウはさらに続ける。

『我々【聖】は、人類の負の側面によって生み出される【邪《じゃ》】や【邪獣《じゃじゅう》】を相手に、命を削って戦い、君たちを守り続けてきた。だが、君たちはそんなことには見向きもせず、同じ人間同士で争い、結果、世界に負の感情をまき散らす始末。本当に……愚かだ』

吐き捨てるようにそう告げるシュウの瞳はとても冷酷で、映像越しとはいえ、多くの人々はその視線に身を震わせた。

『故に……管理だ。我々が君たちの感情から何からすべてを一括で管理することで、【邪】や【邪獣】といった存在が出現する理由を根本から消す。理解してくれたかな？』

「感情の管理って……！」

「そんなの、認めるわけねぇだろ！」

「この映像はどこから流れてるんだ⁉」

シュウの発言に、当然人々は怒りの声を上げた。

国によっては、今すぐにでもシュウたちを討伐しに向かおうと言わんばかりの首脳部もいた。

しかし、誰もシュウたちの居場所を突き止められない。

それは、他の人々と同様に映像を眺めていた『剣聖』イリスたちでさえも――――。

「アイツ……あの時の言葉は本気だったみたいね……」

イリスは空中に浮かぶ巨大な映像を睨《にら》むように見つめた。

【天聖祭《てんせいさい》】が終わった直後から、イリスたちはシュウの行動を阻止すべく動いていた。

シュウが本気である以上、彼らの障害となりうるイリスたちをそのまま野放しにすると
は考えられなかったため、ウサギとオーディスの三人で行動していたのだ。
《先ほど響き渡った音は、『音聖《おんせい》』トーンによるものだろう。音を世界全域に拡散し、こ
んな映像を映し出すとは……》
「【天聖祭】の時に見たトーンは、世界中に音や映像を拡散できるほどの実力があるとは
思えなかった。だが、こうして映像が映し出されているということは、ヤツもまたあの時、
実力を隠していたのだろう」
ウサギとオーディスは浮かび上がる映像を眺めつつ、シュウたちの戦力を分析していた。
「オーディスは、同じように魔法を全世界に届けるなんてことできる？」
「……残念ながら不可能だ。『神威《かむい》』を手に入れたことで、他の『聖』に比べて実力は付
いたと思っているが、まだそこまで広範囲に魔法で影響を与えられる力はない」
「つまり、アイツらは私たちが『神威』を使った状態以上の実力を持ってるってことね。
……どうやってそんな力を手に入れたのか、そもそもその力は何なのか。色々聞きたいこ
とはあるけれど……」
《フン。大人しく答えてくれるようならば、【天聖祭】の時にすでに口にしていただろう。
だが、相手がどれほど力を持っていようが関係ない。我々『聖』の問題として、ヤツらを

止める責任が俺たちにはある》

「そうね。……グロリアは大丈夫かしら？」

【天聖祭】の後、イリスたちはグロリアとは別れていたのだ。

というのも、グロリアには面倒を見ている子供たちがおり、その子たちを放っておくことはできないからだ。

「心配せずともグロリアは強い」

《そんな心配をしなくてもいいように、早くヤツらを止めねばな……》

「幸い、この魔法のおかげで微《かす》かだが魔力の流れを感知できた。あとはこの魔力を辿《たど》っていけば……」

「それなら、早く行くわよ！」

イリスの言葉にウサギとオーディスは頷くと、三人はシュウの居場所を探すべく、動き出すのだった。

改めてイリスたちが動き始める中、シュウは言葉を続けていた。

『君たちが何を語ろうが、これは決定事項だ。我々は【聖】の本分を全《まっと》うすべく、【邪】の根源となる要素を排除しようとしているだけだ。安心するといい、我々の管理下に入れば、世界には争いはなくなる。皆が平等に、生きていけるのだ』

シュウの語る言葉は聞こえはいいものの、とても人々が受け入れられるものではなかった。

とはいえ、この映像が流れていたとある国には、現状すでに辛《つら》い状況に置かれているからこそ、『聖』たちによる管理を歓迎しようとする人々も存在した。

「いいじゃねぇか」

「そうだそうだ。どうせ国は戦争を勝手に始めて、そのしわ寄せは俺たち貧民に圧《お》し掛かるんだ。戦争がなくなるっていうなら、どんな管理だって受け入れてやるよ」

様々な意見が世界中で飛び交う中、シュウは目を細める。

『だが、この私の考えに賛同できぬと言うのなら――――消えてもらう』

映像越しに、シュウの凄まじい威圧感が世界を覆いつくした。

そのあまりの圧力に、再び世界中は混乱に陥る。

『いいか、もう一度言うが、これは決定事項だ。我らに従い、管理を受け入れるのであれば、平和を約束しよう。ただし、邪魔をすると言うのであれば、私たちは容赦なくその者たちを切り捨てる。【邪】の出現を阻止するためにも、これは絶対だ』

強い威圧を放っていたシュウは、そこまで言い切ると圧力を緩め、再び笑みを浮かべた。

『さて、伝えるべきことは伝えた。我々はすぐにでも全人類を管理すべく動き出す。その際、君たちがどのような選択をするのか……期待している』

そう告げると、空中に浮かんでいた映像は消えた。

しばらくの間、世界中は沈黙に包まれた。

『刀聖』シュウ・ザクレンによる全人類に対する管理宣言。

そして、その管理下に入らぬ者への粛清など、色々な情報が溢《あふ》れすぎたからだ。

だが、一つ確実なのは……シュウは本気であるということ。

本気だからこそ、世界中に宣戦布告するような形をとったのだ。

「むぅ……国王議会が終わったばかりだと言うのに、また面倒な……」

映像を見ていたのは当然一般市民だけでなく、各国の上層部もこの映像を観測していた。

そして、映像を見終わったアルセリア王国の国王アーノルドは、思わず頭を抱える。

すると、同じく映像を見ていたオーウェンが心配そうに声をかける。

「陛下……」

「オーウェンよ。先ほどの発言、どう見る？」

「ああ、そうだな。本気であり、正気ではない。人類の感情を管理するなど……」

「第一、そのようなことが可能なのでしょうか？」

「可能だからこそ、ああも言い切ったのだろう。しかし、『刀聖《とうせい》』か……」

「『剣聖』イリス殿たちもヤツら側に立っているのでしょうか？」

「それは分からん。だが、『聖』の中で最強と名高い彼女が、あの映像に映っていないのは妙だ。それに、誰も見知らぬシュウという男より、イリス殿が発言した方が耳を傾ける者も多いはずだが……彼女の姿がなかったことを考えると……」

「なるほど……それもそうですね」

アーノルドは一つため息を吐《つ》いた。

「……とはいえ、何もかも未知数だ。余は『刀聖』という存在を初めて耳にしたくらいだしな」

「私もです」

「『刀聖』というからには刀の扱いが凄《すさ》まじいのだろうが、あの映像はどう見ても魔法の技術。それも、世界中に映像を拡散する規模となると、『刀聖』の仲間に、魔法に長《た》けた者がいるのやもしれんな」

「本気かと」

アーノルドもまた、イリスたちと同じようにシュウの映像から様々な情報を読み取っていた。

　すると、オーウェンは真剣な表情で訊《たず》ねる。

「陛下……これからどうするおつもりで？」

「当然、あんな話が受け入れられるわけがない。だが……相手はあの『聖《せい》』だ。もちろん、ヤツが『刀聖』というのも嘘《うそ》かもしれんが、あんな規模の魔法を発動できる実力者がヤツら側にいるという事実に変わりはない。そんな連中を相手に、果たして我々は対抗できるのか……」

「私はいつでも戦えますぞ」

　背筋を伸ばし、胸に手を当てるオーウェンを見て、アーノルドは頷《うなず》いた。

「ああ。頼りにしておる。あとは……他国の動きも気になるところだ」

「それは……。しかし、陛下のように拒否するのでは……？」

　そんなオーウェンの質問に対して、アーノルドは静かに首を振る。

「確かに、それが普通だろうが……国によってはそうもいかん。幸いこの国はどことも戦争をしていないからいいが、戦争の被害を受けている国の国民の中にはシュウの言葉に賛同する者が現れても不思議ではなかろう。そして、賛同者が増えれば、その国の中で内戦……革命が起きるやもしれん」

「なんと……！」

「何にせよ、我々にできることはヤツらの襲撃に備えて戦力を調えることくらいだろう」

「……レクシア様がこの場にいなくて幸いでしたね」

「ああ。さすがのヤツらも、異世界にまでは手を伸ばせんだろうからな。それに、向こうの世界にはユウヤ殿もいる」

「ユウヤ殿が来てくだされば……」

「言うな。彼には彼の世界があるのだからな――――」

――このように、各国の上層部も、シュウたちの宣戦布告を受けて、動き始めるのだった。

＊＊＊

真っ暗な空間には、シャボン玉のような透明な膜で覆われた『世界』が無数に漂っている。

そのシャボン玉は文字通り世界の結晶。

小さく閉じ込められた膜の中に、銀河、星々といった、宇宙が広がっているのだ。

もしシャボン玉が弾《はじ》ければ、その『世界』は終わる。

そんなあり得ない事象が、その空間のあちこちで起こっていた。

数多《あまた》の世界が漂うこの場所こそ――『世界の間』と呼ばれる空間だった。

そんな『世界の間』には、怪物が潜んでいる。

まるでイソギンチャクのような、無数の触手を生やした謎の球状生命体に、タコやイカをグロテスクにしたような軟体動物の見た目をしたバケモノ。

それらの怪物がひしめき合い、時に周囲のシャボン世界を破壊しながら、激しく戦い合っていた。

すると、そんな殺伐とした『世界の間』を、一匹の白い獣が優雅に歩いていく。

その姿は猫のようで、長く真っ白な毛並みは様々な色に輝いていた。


「にゃ」


白猫は、怪物たちの争いにも、そして世界の結晶であるシャボン玉にも興味を示さない。

ただただ優雅な足取りで、時間の概念が存在しないこの空間を歩いていた。

いつも通り、悠々と『世界の間』を散歩していた白猫は、ふと何かに気づいて、一つの世界に目を留めた。

それは、いつの間にかこの『世界の間』に現れていた、シャボン世界とは違う、透明な立方体の世界だった。

そんな立方体の世界は、気づけば白猫が目を留めた物以外にも無数に存在しており、周囲を漂っている。

「にゃ？」

今までこんな妙な世界がいきなり無数に現れるなんてことは一度もなかったため、白猫は首を傾《かし》げていた。

というのも、この立方体の世界が現れたのは、虚神《うつろがみ》の影響で次元間の境界線が消え、別の次元に存在していた優夜《ゆうや》たちの世界が流れ込んできた影響だった。

このような事象が起きていたからこそ、並行世界の優夜を駒にしていた存在は、別の次元の存在に気づき、侵略することを決意したのだ。

とはいえ、白猫はそんな事情は一切知らず、ただいきなり現れた不思議な世界に目を向ける。

まるで宇宙のような黒い瞳を一つの立方体の世界に向けると、白猫の脳内にその世界の情報がどんどん流れ込んでいった。

『世界の間』には時間の概念も存在しないため、その世界の最古の情報から、遥《はる》か先の未来まで、白猫は見通すことができた。

そんな中、白猫は立方体の世界内に存在するとある惑星に目を留めた。

何故《なぜ》その惑星に目を留めたのか、白猫自身もよく分からない。

だが、何かに惹《ひ》かれるように、その惑星に目が留まったのだ。

すると、その惑星の歴史が映像となって白猫の脳内にどんどん流れ込み、やがて一人の青年を映したところで止まる。

それは、まだ異世界に足を踏み入れる前の優夜の姿だった。

第一章　オープンキャンパス

並行世界の『俺』との戦闘から数日後。

謎の男による襲撃に備え、空夜《くうや》さんから妖術を学んだりしながら過ごしていた。

異世界の賢者さんの家の庭で妖術の修行をしていると、不意に空夜さんがそう口にした。

「ふぅむ……何度見ても凄まじい妖力じゃな」

「そんなにですか？」

「元々優夜は妖力の量もぶっ飛んでおったが、同じ量を……いや、それ以上の妖力を持っておった並行世界の優夜の妖力も合わさったことで、もはや底が見えん」

正直、俺にはその実感がまるでない。

冥子《メイコ》の妖力を取り込んだ時は、激痛が俺を襲った。

しかし、『俺』が託してくれた妖力を身体《からだ》に受け入れた時は、特に何も感じなかったのだ。

これは俺と『俺』が同じ存在であるからこそだろう。

「まあよい。それよりも、身に付けた妖術のおさらいじゃ。ほれ――」

空夜さんが軽く腕を振るうと、家の庭に無数の小鬼が出現した。

この小鬼は、俺が初めて妖力に触れた際に、その力の使い方を覚えるために生み出されたヤツらと同じで、妖力の宿った攻撃を与えなければ倒すことができない。

そして……。

「今回はもう少し難しくするかの」

「――グオオオオオ！」

空夜さんがさらに腕を動かすと、小鬼だけでなく、冥界にいる鬼たちのような、巨大な鬼が現れた。

ただ、生み出された鬼には一角《いっかく》さんや二角《にかく》さんのような知性は感じられない。

「見ての通り、冥界の鬼を象《かたど》った存在じゃ。さすがに知能までは再現できんが、自我を持つ上に、強力じゃぞ？」

空夜さんはそう言いながら無数の鬼を出現させていく。

「さあ、準備は整った。修行の成果を見せてみろ！」

「ガアアアアア！」

空夜さんの合図とともに、俺に突っ込んでくる鬼たち。

そんな鬼たちを冷静に見つめつつ、俺は両手のひらを胸の前で構えた。

すると、その手のひらの間に、妖力の球体が生まれる。

「『妖玉』！」

生まれた妖玉を解放するように手のひらを広げると、胸の前に生み出した妖玉は無数に分裂して鬼たちに襲い掛かった。

「ギャアアア⁉」

「グオオオ！」

この攻撃で小鬼は消滅したものの、体の大きな鬼たちを倒すまでには至らなかった。

それなら……！

「『妖鎖《ようさ》』！」

俺がすぐさま別の妖術を発動させると、鬼たちの足元から紫色の鎖がいくつも出現し、その身体を拘束した。

そんな俺の様子を見て、空夜さんは満足そうに頷く。

「うむ、並行世界の優夜の技術は使えるようになったな。それに、妖術の発動の流れも途切れておらん。じゃが、それだけではこの鬼どもは倒せんぞ」

空夜さんの言う通り、『俺』の技術だけでは鬼は倒すことはできない。

だからこそ、この数日は『俺』の妖術を身に付けるだけじゃなく、もう一つ他の修行もしていたのだ。

それは……。

「『妖槍《ようそう》』！」

俺が右手を掲げると、そこに槍《やり》の形をした妖力が生み出された。

「はあっ！」

俺はその妖力の槍を掴《つか》むと、勢いよく投擲《とうてき》する。

紫に輝くその槍は、未《いま》だに拘束から抜け出せずにいる鬼たちの体を一気に貫いていった。

「ほう！　妖力を槍に見立てたか。【絶槍《ぜっそう》】をよく扱う優夜には、具現化しやすいのじゃろうな」

空夜さんの言う通り、俺は【絶槍】の感覚を元に、この妖術を生み出した。

そう、もう一つの修行とは、自在に操れるようになった妖力を使って、新たな妖術を生み出すというものだった。

元々、冥界に向かう時にも空夜さんから妖術の修行は受けており、妖力の扱いに関してはかなり上達している。

それに加え、冥子を封印するための術も一部だが教わっていた。

そこに今回の『俺』の妖術を覚えたことで、空夜さんは俺にオリジナルの妖術を生み出してみるように言っていたのだ。

さらに……。

「『妖眼《ようがん》』！」

俺は目に妖力を宿しながら、まだ残っている鬼たちの姿を見つめた。

その瞬間、数瞬後に鬼たちがどんな動きをするのかが映像として頭に流れ込んできたのだ。

「グオオオオオオ！」

「──『妖剣《ようけん》』！」

背後から迫る鬼の存在を『妖眼』によって予知していた俺は、左手に妖力でできた剣を生み出しながら振り抜く。

さらに、その回転運動を利用して、右手に新たに『妖槍』を生み出すと、射線上に存在していた鬼目掛けて投擲した。

「おお！　麿《まろ》の『妖眼』に加え、『妖剣』までものにしたか！」

『妖剣』に関しては『妖槍』と同じで、【全剣《ぜんけん》】をよく使っている俺からすると発動するのにさほど苦労はなかった。

それくらい普段から【全剣】と【絶槍】を扱っているということだ。

おかげで妖術として具現化するのにも苦労せずに済んだわけだ。

そして『妖眼』は、まさに空夜さんが俺の記憶を読み取るときに使っていた妖術である。

これを空夜さんから教えてもらったわけだが、今の俺には目にした対象の数瞬先の行動を予知するくらいしかできず、人の記憶を覗《のぞ》き見るなんて芸当はできない。

とはいえ、その予知だけでも、特に戦闘においては凄《すさ》まじい効果を発揮するは間違いなかった。

こうして空夜さんから学んだ妖術や、『俺』の妖術を駆使しつつ、鬼たちを殲滅《せんめつ》していく。

すると、空夜さんが声を上げる。

「さあ、最後じゃ！　コイツにはどう対処するかのぉ⁉」

空夜さんが指を鳴らすと、今までとは比較にならないほど、凄まじい妖力が動くのを感じた。

その瞬間、俺の目の前にその膨大な妖力が集まり、やがて巨大な鬼が現れる。

今まで相手にしてきた鬼とは比べ物にならないほど巨大なその鬼は、十メートルは軽く超えていそうだ。

　俺はすぐさま妖術による攻撃を試みたが、その巨大な鬼の皮膚に俺の妖力でできた槍は歯が立たなかった。

「何⁉」

「基本となる部分は先ほどの鬼たちとは変わらん。じゃが、その防御力も攻撃力も桁違いじゃぞ？」

「ガアアアアアアアアア！」

「くっ！」

　巨大な鬼が拳を振り下ろした瞬間、庭の地面が大きく抉《えぐ》られる。

「おっと……畑には被害が出ないようにせんとな……」

　空夜さんは呑気《のんき》にそんなことを口にしていた。

　俺はすぐさま『妖鎖』を発動させ、巨大な鬼の身体を縛ると、すぐに『妖剣』を生み出し斬りかかる。

　だが、やはり『妖槍』の時と同じく、その攻撃が通じることはなかった。

「ガアアアアアアアアア！」

「何⁉」

「『妖槍』！」

その上、巨大な鬼は拘束していた『妖鎖』を引きちぎり、攻撃してきたのである。

「ふむ……まだこの巨大鬼はちと早かったかのぉ？」

俺と巨大鬼の戦いを見て、そう口にする空夜さん。

しかし、俺は諦めるつもりはなかった。

巨大鬼の攻撃を上手《うま》くかわしつつ、俺は『妖眼』で行動を予測すると、隙を突いて距離をとった。

「む？　何をするつもりじゃ？」

空夜さんが首を傾《かし》げる中、俺は全神経を集中させる。

そして――――。

「――――『妖魔装《ようまそう》』！」

そう口にした瞬間、俺の体を紫色のオーラと、青白いオーラが俺を包み込んだ。

そう、俺が発動したこの妖術は、『魔装』のイメージを元に開発したものだった。

妖力を使い始めた当初から、武器に妖力を纏《まと》わせたり、体に妖力を纏わせることはできた。

だが、それはあくまで表面に妖力を流しているだけで、実質的な強化は特にできなかったのだ。

そこで妖力を体の表面に流すだけでなく、体内で高速循環させることにより、妖力によって身体能力を強化することに成功したのだ。

その上で、俺はそれに発想元の『魔装』を組み合わせてみたのである。

その結果、こうして二つの力は見事に融合してくれた。

空夜《くうや》さんもこの妖術にはさすがに驚いたようで、目を見開いている。

「そ、その力は……」

「はあああっ！」

俺が勢いよく踏み込むと、その一歩は一瞬にして巨大鬼との距離をゼロにした。

そのまま地面を蹴り、跳び上がりつつ、俺は右手に『妖剣』を出現させる。

そして、魔法によって空気の足場を作り、再び強く踏み込みながら、手にした『妖剣』を振り抜いた。

『妖剣』は巨大鬼の首をはね飛ばすと、巨大鬼は静かに消滅した。

俺は最後の鬼たちを倒し終わったところで一息吐くと、空夜さんに視線を向ける。

「ど、どうでしょうか？」

「ど、どうもこうもないわ。お主の持つ魔力との融合……そんな代物《しろもの》を見せられたら、磨としても文句はない。よくぞここまで育ってくれた」

「ありがとうございます！」

ひとまず空夜さんの求める力量には達していたようで、俺は安心した。

「うむ。とはいえ、まだまだ優夜《ゆうや》に伝えきれておらん妖術もあるし、修行していけばもっと巧みに妖術を使えるようになるじゃろう。何より、魔力と融合することができたんじゃ。他の力との融合も考えられるじゃろうしな」

空夜さんの言う通り、今回は魔法との融合をメインに修行してきた。

だが、俺には『聖邪開闢《せいじゃかいびゃく》』や『神威《かむい》』といった他の力も宿っている。

……あの仮面の男がどれほどの力を持っているのか分からないが、この世界を護《まも》るためにも、俺はもっと強くならないと……。

改めてそう決意をするのだった。

＊＊＊

優夜が修行を続けていた頃。

欧州のとある国の王家が、慌ただしい気配に包まれていた。

「――――殿下、お考え直しください！」

質のいい調度品がしつらえられたその部屋で、一人の老執事が訴える。

そんな訴えを受けているのは、ブラウンヘアを綺麗《きれい》にセットした一人の青年。

殿下と呼ばれたその青年は、自分を止めようとしてくる執事にキッパリと言い放った。

「止めるな。俺はもう決めたんだ」

「いいえ、認められませぬ！　どうかお考え直しを！」

「はぁ……ジェームズ、どうして認めてくれないんだ？」

「私が認めないのではなく、王室として認められないと申し上げているのです！」

「何だと？」

ジェームズと呼ばれた執事の言葉に、青年は眉を顰《ひそ》める。

「今さら何を反対すると言うのだ？　俺は前々から、心に決めた人がいると公言していたはずだ。そして、父も母もそれを認めていた」

「ええ、確かにそうですね。ですが！　陛下も私も、殿下の思い人がこの国の人間だと思っていたからこそ認めていたのです！」

ジェームズはそこで息を整えると、再びハッキリとした口調で告げた。

「……しかし、そのお相手は、日本の庶民だと言うではありませんか。確かに、庶民の立場で王室と縁を結んだ方は存在します。ですが、それに加えて海外の者など……」

「カオリの家は、貴族ではないにしろ、相当裕福な家だったはずだ」

「たとえそうだったとしても、国という壁は非常に大きいのです。王妃になる方には、この国の歴史や伝統を学んでいただかなければなりません。それに加え、礼儀作法なども当然必須となります。これがどれほど大変なことかお分かりですか？」

「問題ない。カオリは優秀な女性だからな。確実に王妃として相応《ふさわ》しい存在になってくれるだろう」

「そもそも！　そのカオリという方、既に特定の相手がいないと言い切れるのですか？」

「当然だろう？　この俺が目をかけていたんだ。手を出すバカはいないはずだ」

「……」

何の根拠もない発言に、ジェームズは頭痛をおぼえた。

「何度も言うが、俺は最初から決めていたのだ。今度の俺の成人記念として、カオリを妃《きさき》として連れてくるとな」

何を言っても無駄だと分かったジェームズは、重いため息を吐《つ》きつつ、ふと気になったことを口にする。

「……そのカオリという女性とはどこで知り合われたのですか？」

「我が学園のパーティーさ」

「学園の？　ああ、王室が出資している……」

「そうだ。そこの中等部の入学パーティーだったかな？　我が学園に入学する女の子の家族として、カオリは参加していたんだ」

青年はそう語ると、当時を思い出す。

――王室が運営しているその学園は、国内でもトップクラスの偏差値を誇る。

故に、その学園の卒業生は様々な分野で活躍していく、まさに日本でいうところの王星《おうせい》学園のような存在だった。

そんな学園では、入学式と卒業式に盛大なパーティーが行われる。

もちろん、主催は王室であり、王族の人間も参加していた。

青年がそのパーティーに参加したのは本当に偶然だった。

本来なら、父親である国王や王妃が参加するところ、運悪くその日は二人とも大切な公務で時間をとることができなかったのだ。

そこで王太子である青年が、代わりとしてパーティーに参加することになったのである。

ただ、元々人の多い場所が好きではなかった青年にとって、入学式のパーティーは苦痛でしかなかった。

「はぁ……早く終わらんかな……」

ついそんな愚痴を零《こぼ》してしまう。

大人であれば、酒を楽しむこともできたが、まだ成人していない青年はそれすらもできない。

それに、王室主催のパーティーなので、用意された食事も食べ慣れたものばかり。

また、王太子という地位を持つ自分に取り入ろうとする者たちが押し寄せてくる始末だった。

こうして退屈な時間を過ごしていた青年は、ふとパーティー会場を見渡した。

「ん？」

すると、珍しく王太子である自分に興味を示さない者たちがいた。

「姉ちゃん！　ここの料理すごいね！」

「そうですね。でも、あんまりはしゃいじゃダメですよ？」

「仕方ないじゃん！　こんなに美味《おい》しそうなものが並んでるんだし、テンション上がらない方がおかしくない？」

「そうかもしれませんけど、もう少しマナーを……」

「あーもう！　母さんみたいなこと言わないで！」

彼女たちが外国人の姉妹だとは一目で分かった。

確かに王室が運営する学園には、海外からの留学生も存在する。

とはいえ、そう簡単に入学できる学園ではないため、その数は少なかった。

最初こそ、青年も少し興味を持ったものの、すぐに関心は薄れる……はずだった。

「え……」

だが、はしゃぐ少女を窘《たしな》める少女を見た瞬間、青年の心臓は大きく鼓動した。

流れるような黒髪に、どこか控えめな佇《たたず》まい。

それでいて凛《りん》とした気配を纏うその少女に、青年は心を奪われたのだ。

今まで感じたことのない感覚に、戸惑いを隠せない青年。

周囲では未《いま》だパーティー参加者の雑談が流れていたが、今の青年の耳には何も入ってこなかった。

うるさいくらいに鼓動する心臓の音と、ただただ熱くなる頰の感覚。

今まで見ていた世界がくすんでいたと錯覚するほど、その少女を見てから世界が煌《きら》めいて見えた。

呆然《ぼうぜん》とする青年を見て、声をかけていた他のパーティー参加者は訝《いぶか》しそうな表情を浮かべる。

「で、殿下？」

皆心配そうに声をかけるが、青年の耳には何も入ってこない。

ただ、今の自分の感覚に身を委ねていた。

それと同時に、青年はこの感覚の正体を悟る。

「見つけた」

——こうして、青年は運命の女性——佳織《かおり》を前に、恋に落ちたのだった。

「あの時の衝撃は忘れられんな……」

佳織との出会いを語った青年は、その時のことを噛《か》みしめながら思い返していた。

「……まさか、あのパーティーでそのようなことが……確かに、いずれは殿下にも参加していただくつもりでした。そしてその中には殿下のお相手を探すという名目も少なからず含まれております。それが一回目で……」

「ああ。俺もまさか、あのパーティーでこんなことになるとは思いもしなかった。しかし、一目見た瞬間、俺は恋に落ちたのさ」

「なるほど……では、そのあとにカオリという少女と交流を深められたと？」

「いや、遠目から眺め続けただけだ」

「え、話してすらおられないんですか⁉」

「何を言う。ほ、ほんの少しだが……挨拶はしたぞ」

「あ、挨拶だけ……？」

「あぁ、カオリのあまりの魅力に、その時はロクに言葉が出なかったのだが……俺の想《おも》いは確実に彼女に伝わっているはずさ！」

「……」

ジェームズは絶句した。

そんなものはもはや関係があるとすら言えない。ましてや、恋人などとは絶対に。

だが、王子は何故《なぜ》か佳織と結ばれると確信しているのだ。

あまりにも無茶苦茶すぎる状況に何も言えないジェームズだったが、ふと気づく。

「いや、待てよ……？　関係が出来上がっていないのであれば、確実に殿下の告白は失敗するはず……。そうすれば、ここで説得せずとも、失敗して諦めてくれるのでは……？

我々が何を言っても無駄なのだ、一度痛い目を見れば……」

「どうした？」

「いえ、何も？」

一瞬で思考をまとめたジェームズは、先ほどとは打って変わり、真剣な表情を浮かべる。

「殿下の真剣な想いは伝わりました。すぐにでも、旅の準備をいたしましょう」

「おお、ついに分かってくれたか！　頼むぞ！」

ジェームズは恭《うやうや》しく頭を下げ、部屋から退出する。

それを見送った青年は、窓から遠くを見つめた。

「カオリ……ようやく君を迎えに行けるぞ……」

恋に盲目な青年は、己の想いが一方通行だとは思いもしないのだった。

＊＊＊

空夜《くうや》さんとの修行を続ける俺だったが、当然学校にも行かなきゃいけない。

しかも、俺はスクールアイドル計画の責任者として、生徒会長の喜多楽《きたらく》先輩から新たに頼まれていることがあるのだ。

この間、初のアイドルステージを終えたばかりだが、すぐにオープンキャンパスでのステージに向けて、再び練習が行われていた。

「ふう！　たくさん踊ったわね！」

練習が一段落すると、レクシアさんはそう口にする。

「前回に比べて、皆の動きもそろってきたな」

「踊るのはこの間のステージと同じ曲だからねー。前のステージからそんなに時間も経《た》ってないし……新しい振り付けを覚えるとかじゃないから、少しは楽かな？」

「そうですね。より完成度の高いステージを披露できるかと」

「順調。このままなら、次のステージも大丈夫」

皆それぞれ手ごたえを感じているようで、それは傍《そば》で見守る俺自身も感じていた。

それにしても……楓《かえで》やレクシアさんはすごいな。

ルナたちに比べて、身体能力は決して高くないはずだが、それでもこの間のステージよりもダンスが確実に上手《うま》くなってる。

俺もそんな皆を少しでもサポートできるように、スポーツドリンクやら、タオルやらを準備して、まさに部活のマネージャーのような活動をしていた。

こうして皆でダンスや歌の練習を続けていると、レッスン室のドアが開く。

「失礼します……」

「佳織？」

するとそこに立っていたのは佳織だった。

皆の邪魔にならないように、すぐに佳織の元に向かう。

「どうしたの？」

俺がそう訊《き》くと、佳織は少し言い辛《づら》そうにしつつ、口を開いた。

「あ、実は、その……生徒会長から、優夜《ゆうや》さんにオープンキャンパスでお手伝いをしてもらえないか、頼むように言われまして……」

「手伝うって……今のスクールアイドルとは別でってこと？」

「はい。具体的には、優夜さんに部活動紹介に出てほしいそうです」

「部活動紹介？」

予想外の内容に、俺は首を傾《かし》げた。

というのも、俺は帰宅部なので、部活を紹介することはできるはずないのだ。

「生徒会長が言うには、運動部の部活動紹介に参加して、来年この学園に入学するかもしれない子たちの度肝を抜いてほしいと……」

「何そのフワッとした要望⁉」

「すみません、生徒会長がどうしてもと……」

「そ、その、手伝うのはいいんだけど、具体的な話とかは……？」

「さ、さあ……私も今お伝えしたことしか言われていないので……」

どうしよう、何をすればいいのかさっぱり分からない。

そもそも、何で俺に？

「大丈夫なのかな？　俺は別にどの部活にも入ってないし、そんな部外者の俺が部活の紹介なんてしても……」

「その点は心配ないようです。生徒会長が各部を回って、しっかりと了承を得ているそうですよ？　それに、皆さん優夜さんの参加に好意的で、ぜひド派手にやってくれと……」

「ド派手に⁉」

部活動紹介ってそんな派手なモノだっけ？

俺の知る部活動紹介とは、かけ離れている気がするが……。

「一応、当日に指示があるそうなので、それに従ってもらえれば大丈夫だと思います」

「そ、それならいいんだけど……」

指示があるなら、その内容に沿って紹介すれば大丈夫……なのだろうか？　不安だ。

そんな俺の心の声が顔に出ていたのか、佳織が慌てる。

「だ、大丈夫ですよ！　当日は私も優夜さんのサポートに回りますので！」

「そ、そうなの？　それは心強いな。……でも、アイドルステージの方はどうなるのかな？」

「そちらに関しましては、他の生徒会役員がしっかりサポートするそうですよ」

「――ええ⁉　次のステージ、ユウヤ様は見ててくれないの⁉」

すると、俺たちの会話に聞き耳を立てていたのか、レクシアさんが声を上げた。

「ねぇ、カオリ！　本当にユウヤ様がその部活動紹介に行かなきゃダメなわけ？」

「す、すみません……生徒会長の指示でして……」

「おい、レクシア。あまりカオリを困らせるな」

「でも、せっかく練習してるのに！」

「た、確かにユウヤに見てもらえないのは残念だが、別にユウヤのためだけに練習してるわけじゃないだろ？」

「それは……そうだけど……」

「その……すみません。当日、皆のステージを見ることができない分、練習はしっかりサポートしますので……」

申し訳ない気持ちになりながらそう言うと、レクシアさんはニヤリと笑った。

「それなら許しましょう！　というわけで、ユウヤ様？　早速練習終わりにまたマッサージをお願いするわね！」

「ええ⁉」

「ま、マッサージですか？」

前回、俺が皆の全身マッサージを行ったことを知らない佳織は、レクシアさんの言葉に目を見開いていた。

すると、レクシアさんは何故か勝ち誇ったように胸を張る。

「そうよ！　私たちはアイドルとして頑張るぶん、ユウヤ様に労《いたわ》ってもらうのよ！」

「ず、ズルいです……！」

「え、佳織？」

ず、ズルいって……俺としては、色々気を遣うので勘弁してほしいのだが……。

「これも、スクールアイドルになった恩恵の一つね！　というわけで、早速マッサージをお願いするわ！」

俺の思いも虚《むな》しく、すでにレクシアさんたちの中で俺のマッサージは確定事項になっているようだった。

レクシアさんに手を引かれ、マッサージをするように促される中、背後で佳織がぼそりと呟《つぶや》く。

「わ、私もアイドルになれば、優夜さんにお世話してもらえるんでしょうか……」

ただ、その呟きが俺の耳に届くことはなかった。

＊＊＊

――太古の地球。
これまで様々な科学者たちによって地球の歴史は究明されてきた。
だが、誰も知らない大きな秘密が存在した。
それは、遥《はる》か昔の地球には、神々が闊歩《かっぽ》する『神の時代』があったこと。
そして……消えた大陸が存在したこと。
宇宙はビッグバンによって生まれた。
それが、いわゆる自然科学における定説だった。
しかし、その実態は異なる、とする説が存在する。
地球は、何もない……『無の世界』から突然生まれた、というのだ。
何の力が働いたのか。
それは誰にも分からない。
誕生した地球は、やがて自我を持つようになり、自我を持っていたからこそ、自身の体である星の上に様々な生命体を生み出した。

こうして生み出された生命体は長い年月を経て進化し、やがて人間へと至る。

しかし『無の世界』から生まれたのは、地球だけではなかった。

地球と同じように、神々が『無の世界』から生まれたのだ。

これもまた、何の力が働いたのかは永遠に分からない。

そんな神々は、生まれた時から己の力を正しく理解していた。

そして、神々はすぐさま力を使いこなすようになると、地球の周りに様々な星を生み出し、銀河を、そして宇宙を創造していった。


これこそが、世界創造の真実なのだ。


神々と地球は、同じ『無の世界』から生まれた者同士であり、同格の存在。

だが、神々は自身の力ではなく自然に生まれた地球を我が物にしようとした。

生まれた時から『神』という自意識を持ち、それ以外は神々にとって支配する対象でしかなかったのだ。

そして不幸なことに、宇宙を揺蕩《たゆた》う星々の中で、このとき地球だけが唯一自我を持っていたこともあり、神々にとって邪魔な存在として、地球は標的となったのだ。

まず神々は、地球に生まれた生命体を支配し始めた。

地球そのものに干渉することはできなかったが、地球が生み出したものには干渉することができたのだ。

このようにして、神々に人間たちを支配された地球。

支配された人類は、神々の奴隷として扱われた。

そんな状況を脱するべく、地球は他の人間たちとは異なり、星そのものの力を消費し、サーラという一人の女性を生み出した。

サーラは、星の力……『星力《せいりょく》』を身に宿し、神々に唯一抵抗できる存在として地球に降り立った。

彼女は神々に支配されていた人類を次々と解放していき、やがてその地に巨大な文明を築き上げる。

その文明が築かれた大陸は、『ムーアトラ』と呼ばれた。

それが、現在の地球の歴史から消え去った、唯一の大陸の名だった。

ムーアトラではサーラが『星力』を使って魔力を生み出し、それを神々から解放した人間たちに分け与えた。

ムーアトラは、すぐさま地球一の超大陸にまでのし上がる。

だが、神々はこれを黙って見ていなかった。

すぐさまこのムーアトラに侵攻すべく、神々は力を結集し、一体の獣――『神獣』を生み出した。

その神獣は白銀の毛皮と金の鱗《うろこ》を持ち、竜のようにも、狼《おおかみ》や獅子《しし》のようにも見える体つきで、何と巨大な大陸であるムーアトラの半分もの巨軀《きょく》を誇った。

生み出された神獣が一歩動くだけで地殻変動が起き、周囲の国々は一瞬にして滅んでいく。

これは神々の警告にして見せしめだった。

神に逆らうとどうなるのか。

そして、神の下《もと》を離れた人間がどのような結末を迎えるのかという。

だが、ムーアトラの人間は怯《ひる》まなかった。

己の尊厳を守るため、サーラから授かった魔力やムーアトラの技術を駆使し、神獣と戦う道を選んだのだ。

しかし、相手が巨大すぎた。

サーラを筆頭として必死に神獣に抵抗するも、次第に押されていく。

そしてムーアトラの民とは異なり、地球と直接繋《つな》がり、『星力』を操ることができるサーラは、神々との戦いで『星力』を大きく消耗していった。

それは同時に、地球そのものの力の消耗を意味した。

この『星力』が枯渇《こかつ》すれば、地球は滅んでしまうのだ。

サーラたちは必死に抵抗を続けるものの、もはや地球には神獣を倒す手段が残されていなかった。

このまま彼らは神々に支配されるかと思われたが、ムーアトラの民は地球を支配されないために、最後の手段に出る。

それはサーラをムーアトラから脱出させ、ムーアトラの民が特攻するというもの。

当然、そんなことをサーラに告げれば、彼女は認めないだろう。

長年ムーアトラの民と共に過ごしてきたサーラには、彼らを捨てるなどという決断はできなかった。

そのため、民はサーラに何も告げず、一丸となって地球に願った。

何としてでも、サーラを脱出させるために。

すると、地球はその願いに応えた。

地球としても、サーラを失うわけにはいかなかったからだ。

とはいえ、地球が生み出した人間たちが、特攻で散っていくのを認めるのは辛《つら》い。

それでもムーアトラの民の願いに応え、地球は残り少ない『星力』で特殊な棺《ひつぎ》を生み出すと、そこにサーラを封印し、ムーアトラから脱出させた。

そして、ムーアトラに残った民たちは、その地に神獣を呼び寄せると、かつてサーラの『星力』で授かった魔力を一斉に解き放ち、ムーアトラの大陸ごと封印してしまうのだった。

こうして神獣は封印できたものの、結果的にムーアトラという大陸は滅んでしまう。

その上、ついには地球の自我も眠りにつき、さらに神々にとって一番目障《めざわ》りだったサーラも棺に封印されてしまった。

神々は地球を支配するのはもはや簡単なことだと……そう、思っていた。

しかし、力を結集させて生み出された神獣がムーアトラ大陸とともに封印されたことで、神々の力も大きく弱体化していたのだ。

これに今まで支配されていた人類は一斉に立ち上がり、神々に反旗を翻《ひるがえ》す。

そして、ついに神々を打倒すると、『神の時代』から『人の時代』へと変わったのだった。

神々が力を失った後、サーラの封印された棺は世界を漂った。

本当であれば、神々が消滅した段階で地球がサーラを解放するはずだったのだが、神々との戦いで『星力』を消費しすぎたため、地球の自我は眠りについてしまっており、それは叶《かな》わなかった。

よって、サーラの棺は封印の解かれないまま世界各地を転々とすると、長い年月を経て、一人の人間——天上夜之助《てんじょうよるのすけ》の手に渡る。

そして、彼は手に入れた棺にそんな歴史があるなど知りもせず、いつも通り家の物置部屋に棺を飾るのだった。

＊＊＊

オープンキャンパス当日。

その日は休日だったが、今日は色々な地域から、この『王星学園《おうせい》』への入学を考えている中学生やその家族が学園を訪れていた。

「はーい、スクールアイドルのステージはこの後すぐですよー」

「こちらでは校舎を見て回るツアーを行いますー」

「授業を体験したい人はこちらに集まってくださーい」

学園祭ほどの規模ではないが、ちょっとした出し物もあって、普通にお祭りというか……下手したら、一般的な学校の学園祭ぐらいの規模はあるかもしれない。

それに、オープンキャンパスでツアーガイドのような人まで用意されてるとは思ってもいなかった。

「す、すごいな……毎年こんなに人が来てるの……？」

「さすがにここまで来場者が多いのは初めてですね。それこそ、生徒会長が積極的にスクールアイドルのニュースを推しているのが一番の理由かと思います」

「なるほど……」

佳織《かおり》の説明を聞きつつ、改めて喜多楽《きたらく》先輩のすごさを思い知った。

あの人は一見滅茶苦茶《めちゃくちゃ》な行動が多いように見えるが、こうしてしっかりと目標を達成しているわけなので、本当にすごい。

ま、まあその滅茶苦茶な行動に振り回される人は大変かもしれないが……。

「それで？　俺はどうしたらいいの？」

「あ、はい。まずはグラウンドに移動して、そこで野球部やサッカー部の紹介をしてもらう、とのことです」

「分かったよ」

佳織と一緒に、最初の目的地であるグラウンドに移動すると、そこには部活動紹介が目当てなのか、たくさんの中学生が集まっていた。

そんな風に周囲を観察していると、不意に声をかけられる。

「おーい！　天上君！」

「あ、喜多楽先輩！」

するとそこには、元気よく手を振る喜多楽先輩の姿が。

すぐに合流すると、喜多楽先輩は爽やかな笑みを浮かべた。

「今日は来てくれてありがとう！」

「い、いえ。それで……俺は一体何をすればいいんでしょうか？　特に部活とか入ってないんですけど……」

「大丈夫大丈夫！　各部活の紹介は生徒会でするから、天上君にはそれぞれの部活ごとに用意した催し物に参加してほしいんだ」

「は、はあ」

「それじゃあ人も集まってきたようだし、始めるとしようかな！」

結局よく分からないまま部活紹介がスタートすると、喜多楽先輩の言う通り、各部活の説明は生徒会役員の男子生徒が進めていた。

その内容自体は各部活のこれまでの実績だったり、主な活動内容といったもので、特別変わった様子はない。

というか、本当に俺が何かする必要があるんだろうか？　見た感じ、この説明だけでも十分な気がするけど……。

そんな風に思っていると、説明していた生徒会役員の人が、一瞬俺に視線を向けた。

「さて、説明が終わったところで……せっかくこうして皆さんに集まってもらいましたので、今日はちょっとしたゲームをしたいと思います！」

いきなりの言葉に周囲がざわめく中、生徒会役員の人は続けた。

「まずは野球部から！　今からこちらの生徒とある対決をしてもらいます！」

「へ？」

完全に気を抜いていた俺は、ここにきていきなり指名されたことに驚く。

た、対決ってどういうことだ？

「この場にいる皆さんの中には、当然野球部への入部を考えている方もいるでしょう。なので、実際に我が学園が誇る最高戦力と戦ってもらい、ウチの部活がどれだけすごいのか体験してもらおうという企画です！」

いやいやいや！　見に来ている生徒たちはすごく興味津々《きょうみしんしん》といった様子だけど、俺は別に野球部でもないし、最高戦力でもないですからね⁉

『おお』

とはいえ、俺がそんなことを口にできる雰囲気でもなく、ただ事態は進行していく。

「ルールは簡単！　挑戦者である皆さんには、ピッチャーかバッターを選んでもらいます。ピッチャーを選んだ場合はこちらの天上君はバッターとして。逆に皆さんがバッターを選んだ場合は、天上君がピッチャーとして、一打席の勝負をしてもらうといった内容です」

「なるほど……」

「あの人がどんなレベルか知らないが、さすがに両刀ってのは難しいんじゃねぇか？」

説明を受けていた中学生たちも、俺に疑惑の視線を向けてくる。

すると、隣で話を聞いていた佳織が、申し訳なさそうな表情を浮かべた。

「まさか、こんなことになるとは……すみません」

「い、いや、佳織が謝ることないよ。実際、手伝うって言ってたわけだし……ただ、本当に俺でいいのかなって……」

「大丈夫だとも！　皆了承済みさ！　ほら――」

「え？」

喜多楽先輩がとある方向に手を向けると、そこには王星学園の野球部員たちが立っていた。

その野球部員たちは、俺の視線に気づくと、とてもいい笑顔でサムズアップする。ほ、本当にいいのか……？

「さあ、最初に挑戦してみたい人はいるかな？」

「おっしゃあ！　それじゃあ俺がやってやるぜ」

野球部員たちの行動に困惑する中、司会の生徒会役員に従い、一人の中学生が前に出る。

その子は中学生とは思えない、かなりガタイのいい体格をしていた。

男子生徒はバットを手にすると、バッターボックスに移動する。

「バッターとして勝負だ！」

「というわけで、天上君はピッチャーとして参加してください！」

「は、はぁ……」

とはいえ、俺に詳しい野球の知識なんてない。

だからこそ、ピッチャーと言われても、特にすごいことなんてできるはずがないのだ。

しかし、ここまで来たからにはやるしかない。

俺は野球ボールを手に、マウンドに立つ。

すると、相手の男子生徒は悠々と構えをとる。その後ろには、王星学園の野球部員が、キャッチャーとして参加していた。

……ええい、とにかく投げるしかない！

ひとまず、あのキャッチャーミット目掛けて投げればいいんだよな？

何かを投げることに関しては、【絶槍《ぜっそう》】を投げているから多少は自信がある。

というわけで、俺は自分なりに構えると、そのままキャッチャーミット目掛けてボールを投げつけた。

その瞬間、凄《すさ》まじい勢いでボールはまっすぐ飛んでいき、ズパン！　と、大きな破裂音が響き渡る。

しかし……次の瞬間、球の威力が強すぎたのか、キャッチャーの生徒が後ろに吹き飛ばされてしまった。

「え？」

「す、すみません！　大丈夫ですか⁉」

思わずキャッチャーの人にそう声をかけると、すぐに起き上がり、これまたサムズアップ。ほ、本当に大丈夫なのかな……？

色々な意味で心配になる俺だったが、俺の球を見た中学生たちは唖然《あぜん》としていた。

「お、おい、何だよ、今の……」

「……あれ、見えたか？」

「いや、無理だろ……」

「離れたここから見てあんな速度なら、バッターから見たらマジで消える魔球なんじゃねえか……？」

そんな周囲の声を耳にしたのか、バッターの生徒はハッとする。

「い、いや、今のは様子見で見送っただけだ！　次こそは、必ず当てる……！」

さっきよりもさらに真剣な雰囲気を纏《まと》い、改めて構えをとる中学生。

ど、どうしよう……さっきのも大分力加減に気をつけて投げたわけだが、それでもキャッチャーの人は後ろに吹き飛んでしまったのだ。

なら、もっと力を緩めた方が……。

そんな風に考えていると、キャッチャーの人がサインらしきものを送って来る。

野球をよく知らない俺には、そのサインの詳細な意味は一切分からなかったが、何故《なぜ》かもっと強く投げろと言っているような気がした。

え、ええ？　だ、大丈夫なのかな……？　それとも、俺の気のせいか……？

気後れする俺に対して、キャッチャーの人が力強く頷《うなず》いたので、ひとまずそのサインに従うつもりで、気持ち強めに球を投げた。

するとと、さっき以上の破裂音が響くと同時に、キャッチャーの人が後方に大きく吹き飛ぶ。

だが、彼のキャッチャーミットには、ちゃんとボールが入っていた。

「だ、大丈夫ですか⁉」

「……！」

キャッチャーの人は身体《からだ》中ボロボロになりながらも、まさにそれでいいと言わんばかりに再び笑顔でサムズアップを向けてきた。ええ……？

俺の気のせいかもと思っていたが、本当に強く投げてよかったようだ。それにしても、キャッチャーの人、す、すごいな……。

さすが、毎日の部活で色々な球を捕《と》ってるからか、その心構えが凄まじい。

すると、バッターの中学生は再び目を見開いていた。

「ば、バカな……ボールがまったく見えないだと……⁉　こ、こんなことが……！」

そんな中、続いての一球、キャッチャーの人はさらに強い球を求めているようで、先ほど以上に激しいサインを送って来た。す、すごい根性だ……！

というわけで、三球目も、先ほどよりさらに少し強めに投げてみる。

その際、今度は指をかけるというのか、少しボールに回転をかけるように意識して投げてみた。

すると、ボールは予想以上の加速を見せ、今日一番の轟音《ごうおん》を響かせた。

それと同時に、キャッチャーの人もまた、勢いよく後ろに吹き飛ぶと、大きな音を立ててフェンスに激突してしまった。

慌ててキャッチャーの人に駆け寄ろうとするも、すぐさまキャッチャーの人は起き上がり、力強いサムズアップを向けてくるのだった。

こうして最初の挑戦者には勝てたわけだが、この段階で中学生たちの俺を見る目が大きく変わっていた。

「や、やべぇな……」

「さすがにあの速度は打てねぇよ……」

「いやいやいや、速すぎて球が消えるんだぞ？　一番の魔球じゃねぇか！」

そんな周囲の反応に満足したように喜多楽《きたらく》先輩や野球部の人たちが頷くと、再び生徒会役員の人が声を上げる。

「さて、最初の勝負は天上《てんじょう》君の勝利です！　どうですか？　次に挑戦したい人はいませんか？」

「そ、それなら、次は俺が行くぜ！」

そう言いながら出てきたのは、先ほどの子よりも長身で手足も長い中学生だった。

そんな彼は、先ほどの男子生徒とは違い、ボールとグローブを手に取った。

「俺はピッチャーで挑戦するぜ」

「では、天上君はバッターでお願いしますね」

「は、はい」

今度はバッターで勝負か……。

バッターとしての勝負は、先日の日帝《にってい》学園でもしているので、まだやりようはある。

すると、準備をする俺を見て、再び見学者たちがざわついた。

「ほ、本当にバッターもやるのか……？」

「いやいや、さすがにどっちもすごいレベルってことはないんじゃね？」

「さっきバッターをやってた田中《たなか》は、ここらへんじゃ一番の打者で有名なんだぞ……」

「何にせよ、次にピッチャーをやる山田《やまだ》もこの地区一番の投手って話だしな……」

様々な言葉が飛び交う中、俺がバッターボックスに立つと、相手の男子生徒はこちらを見据える。

「確かに、さっきのピッチングは凄まじかった。だが、今度はそうはいかないぜ……！」

そう言うと、彼は大きく振りかぶり、真っすぐにボールを放つ。

そのボールをよく見つめた俺は、すぐにその到達点を見極めた。

それと同時に【弱点看破】のスキルを発動すると、すぐさまボールのどこにバットを当てれば最も遠くまで飛ばせるか理解する。

そして、俺はそのポイントを目掛けてバットを振り抜いた。

俺が完璧なタイミングでボールを打ち抜くと、ボールはフェンスの向こうまで一直線に飛んでいった。

「な……に……？」

こ、これ、どうなるんだろう？

最初の球から狙えたから打ったわけだが、もしかして、三球勝負しないといけないのだろうか？

そんなことを考えていたが、この一球で相手の男子生徒は戦意喪失したようで、口を開く。

「……完敗だ。あんなに完璧に打たれたんじゃ、偶然とも思えねぇよ」

「おおっと、早くも勝負が決まってしまいましたね。それでは、他に挑戦したい方はいますか？」

『……』

再度、生徒会役員の人がそう促すが、その場にいる誰も手を挙げることはなかった。

＊＊＊

――――その後も、サッカーやバスケットボールなど、様々な部活の紹介で、野球と同じようなゲームに参加させられたわけだが……。

「どこに蹴っても止められるんだが⁉」

「おいおい、あの距離からシュートして入るのかよ⁉」

「バレーボールが破裂するってどんな威力だ⁉」

「それを言うなら、卓球なんて球が砕け散ったぞ！」

「テニスじゃラケットのガットが焼き切れてたしな……」

ひとまず、やり過ぎないように手加減しつつ、俺なりに頑張ったつもりだ。

ただ、バレーボールと卓球に関しては、喜多楽先輩が球技大会の時のことを知っており、あえて球を破裂させたり、砕け散らせたりしてくれと、これまた妙な要望を付けてきたの

だ。

　俺自身、妖力を扱えるようになったおかげもあって、これまで以上に自分の力をコントロールできるようになっていたが、まさかここにきて、逆のことをさせられるとは思いもしなかった……。

　だが、そんな俺の動きを見て、喜多楽先輩は満足そうだった。

「ハハハハ！　想像以上だ！　やはり天上君に頼んで正解だったね！」

「た、確かに優夜《ゆうや》さんはすごかったですけど、これで本当にいいんでしょうか……？」

「ん？　宝城《ほうじょう》さんは何か気になることでも？」

「その、私も優夜さんの活躍を見れて嬉《うれ》しいんですけど、優夜さんは帰宅部ですし、あの活躍を目当てにそれぞれの部活に入られても困るんじゃ……」

「大丈夫大丈夫！　ちゃんと今日限りの特別ゲストと事前に言ってあるし、学園祭や体育祭の説明の中で、彼の活躍が見られる可能性があると伝えているからね！　そちらで興味を持ってもらうのもアリだろう」

「よ、用意周到ですね……」

「いやいやいや、俺を見るためって何ですか!?」

　そんな理由で大切な学校選びをしてほしくない。

ま、まあこの学園は俺なんかを抜きにしても、部活も盛んで授業も面白いし、イベントだって参加していて楽しい。

何よりいい人ばかりで、俺は自信をもって勧めることができる。

すると、喜多楽先輩は俺の言葉に対して、爽やかな笑みを浮かべた。

「もちろん、君が目当てというだけで入学されるのは問題だからね。ちゃんとこの学園のいいところも別にPRしてあるよ。それにスクールアイドルのステージも成功したようだしね」

「あ、そうだ！　皆はどうだったんですか？」

今まで部活紹介に集中していて、中々そちらに意識を割けなかったが……。

「安心してくれ。さっきも言った通り、このオープンキャンパスでのステージも成功したよ。彼女たちのサポートに回ってくれていた猫田《ねこた》の話では、前回のステージよりも素晴らしい出来になっていたそうだ」

「そ、そうですか……」

皆頑張って練習していたので、ステージが成功したと聞いて俺は安心した。

すると、喜多楽先輩は笑みを深める。

「今回、僕は確信したよ。この方向性は間違っていなかったとね！　そこで、新たな計画として、『男性アイドルユニット』も作ろうかと思ってるんだ」

「だ、男性アイドルですか？」

俺が予想していなかった言葉に驚いていると、喜多楽先輩は頷《うなず》く。

「そうだ。そこで、天上君！　君にはぜひ、その男性アイドルユニットのメンバーとして参加してもらいたいと思っている！」

「えええええええ⁉」

「ゆ、優夜さんがアイドルですか⁉」

佳織《かおり》も喜多楽先輩の言葉に驚いているところを見ると、これまた喜多楽先輩の突拍子もない思い付きなのだろう。

「いやいやいや、待ってください！　俺がアイドルなんて無理ですよ！　前にスタープロダクションの方からも芸能界入りの話を受けましたけど、お断りしてますし……」

「それは本格的な芸能活動だからだろう？」

「そうですけど……」

あの時俺が断ったのは、普通の学生生活を送りたかったからだ。

そして、真剣にアイドルを目指している人たちに対して、将来のことを何も考えていない俺が、やっていいものだとは思えなかったというのもある。

「分かってるとは思うが、私が言っているのは、あくまでスクールアイドルとしての話だ。テレビ出演がメインの、一般的なアイドルじゃない。だからこそ、学生としての生活と、アイドルとしての活動を両立することができるというわけさ」

「そ、それは分かってますが……」

「君がアイドル活動に対して真剣な人のことを考えて、身を引く気持ちも分かる。だが、触れてもいない世界に挑戦することを、辞退するのももったいないとは思わないかい？　今はまだ、君にその気がなかったとしても、やってみたらその道に興味がわくかもしれないじゃないか。そう言う意味でも、この男性のスクールアイドルという計画はうってつけだと思うんだ」

「……」

「ゆ、優夜さん……」

俺は、喜多楽先輩の言葉に何も言い返すことができなかった。

今の俺は将来のことを何も考えていない上に、チャレンジしようともしていない。

しかも、今の俺を取り巻く環境は、俺がやりたいと思えることを探すための後押しをしてくれているのに……。

思わず黙ってしまった俺に対し、喜多楽先輩は優しく微笑《ほほえ》んだ。

「……まあ気楽に考えてくれ」

――こうして俺は、どこかモヤモヤした気持ちを抱えつつ、スクールアイドルの一人として参加することになるのだった。

＊＊＊

ちょうど王星《おうせい》学園でオープンキャンパスが行われている頃、ライバル校である日帝学園では――。

「――スクールアイドルですって？」

日帝学園の生徒会長室にて、生徒会長である神山《かみやま》美麗《みれい》が執事の白井《しらい》から王星学園の報告を受けていた。

「さようでございます」

「まさか、そんな計画が……」

「恐らく、向こうの生徒会長の発案かと」

「あの道楽御曹司《おんぞうし》ですわね」

白井の話を聞いた神山はすぐに王星学園の生徒会長・喜多楽の顔を脳裏に浮かべた。

というのも、生徒会長としての喜多楽ではなく、それ以前から、神山は個人的に喜多楽を知っていたのだ。

「あの喜多楽グループの御曹司がウチではなく、王星学園に入学したと聞いた時は驚きましたが……相も変わらずですわね」

「喜多楽グループは元が玩具《がんぐ》店ですからね。面白いことが好きな血筋なのでしょう」

「中でも総《そう》さんは飛びぬけてますけど」

神山の語る通り、本来喜多楽総は日帝《にってい》学園に通うような名家の跡取り息子だ。

しかし彼が、伝統を重んじる日帝学園よりも、自由に振る舞うことができる王星学園を選択したのは自然なことだった。

「……当時は周囲からバカにされていましたが、彼のような自由な発想こそが、今の時代には必要なんでしょうね」

神山はそう言うと小さなため息を吐《つ》いた。

「ところで、スクールアイドルの件、やはり優夜さんを起用しているのかしら？」

「それが……女性のスクールアイドルだそうです」

「え!?」

白井の言葉に、神山は目を見開く。

というのも、王星学園で一番目立つ存在と言えば優夜であり、喜多楽が彼を利用していないとは思いもしなかったからだ。

「と、ということは……優夜さんは参加されていないと？」

「そのようで……」

「……ちなみに、どのような女子生徒がアイドルに？　まさか、宝城佳織さんも？」

「いえ、宝城佳織様は参加していないようです。ただ、少々変わったメンバーのようでして……メンバーのほとんどが留学生らしいです」

「……それはまた、変わったメンバーね。ですが、そのメンバーでスクールアイドルをしようと思ったということは、それだけその子たちに華があったということ……」

前回の学園祭対決では、結局王星学園に負けてしまった。

昔は日帝学園こそが日本一の高校と言われていたものの、今は日本一の高校と言えば、王星学園と言われてしまうため、神山は何としても昔の地位を取り戻そうと必死だった。

少し考え込むそぶりを見せた神山は、やがて決意をする。

「……決めたわ。私たちもスクールアイドルをやるわよ！」

「なんと！　だ、大丈夫でしょうか？」

「当然、反発もあるかもしれませんが、向こうが画期的な方法で生徒を増やす以上、我々も後れを取るわけにはいきませんわ。それに、優夜さんが参加していないと言うのであれば、まだこちらにもチャンスが残っている……白井！　今すぐにでも全校生徒にスクールアイドルの募集をかけなさい！」

「かしこまりました」

こうして王星学園で始まったスクールアイドル計画は、日帝学園にまで影響を及ぼし始めるのだった。

＊＊＊

――再びところ変わって王星学園では、ちょうどオープンキャンパスも終わり、生徒たちが帰宅し始めていた。

優夜も後片付けの手伝いを済ませた後、帰宅したのだった。

そんな中、ある程度仕事を片付けた喜多楽《きたらく》は、残りの仕事を他の生徒会役員に任せ、一人とある場所に足を運んでいた。

そこは……。

「待ってたわよ、喜多楽君」

――スタープロダクションの社長室だった。

「聞いたわよ？　今日は王星学園のオープンキャンパスだったみたいじゃない」

「ええ。おかげさまで、大盛況でした」

「あら、それは何より。ステージの方は？」

「そちらも大成功でした」

「順調ってわけね……それで？　今日はどうしてここに来たのかしら？」

喜多楽の言葉に社長は満足そうに頷きながら訊《たず》ねる。

すると、喜多楽は爽やかながらも、どこか含みのある笑みを浮かべた。

「――王星学園に、芸能科を作ろうかと思いまして」

「は？」

予想もしていなかった言葉に、社長は目を点にする。

「げ、芸能科って……ちょっと待ってちょうだい。本気？」

「ええ、本気ですよ」

「確かにスクールアイドル計画は成功したかもしれないけど、いきなりそんな……貴方《あなた》は学科を一つ作るって言ってるのよ？」

「そうですね。ですが、すでに理事長の司《つかさ》さんには話を通してあり、許可も得ています」

「行動力の化物ね⁉」

あまりにもぶっ飛んだ喜多楽の行動力に、社長は驚愕《きょうがく》した。

「というより、理事長が許可したの⁉　本当に⁉」

「ええ。私が熱くプレゼンをしたところ、最後は笑顔で認めてくれましたよ！」

「それ、引きつった笑顔だと思うわ……」

社長自身もそう口にしながら、頬を引きつらせていた。

しかし、喜多楽はそんな様子を全く気にせず続ける。

「まあいいじゃないですか。理事長から許可を得たという事実は変わらないわけですし。それよりも、いかがです？」

「な、何がよ」

「……ウチと提携しませんか？」

「……どういう意味かしら？」

喜多楽の言葉を受け、社長の雰囲気が一変した。

だが、喜多楽はいつもの調子で語る。

「そのままの意味ですよ。芸能科を作る上で必要なのは、やはり講師や芸能界に対するノウハウを持つ人材……そう言った人物の手配を、ぜひスタープロダクションさんにお願いできないかと思いまして」

「なるほどね……他の事務所とかがやってる、直営の専門学校みたいなものね？」

「そうです。スタープロダクションさんはまだ、専門学校はやられてませんよね？」

「まあね。基本的にウチはスカウトか、大手の専門学校の招待枠からオーディションで選んだりするくらいかしら？」

「だからこそ、その専門学校の役割をぜひうちにどうでしょう？」

喜多楽がそう言うと、社長は目を細める。

「それ、王星学園でやることに、私たちにはどんなメリットがあるのかしら？」

「そりゃあもちろん、今ウチでやってるスクールアイドルの専属契約ですよ。前回のステージに加え、今回のオープンキャンパスでもかなり知名度を得たと思います。それに、オープンキャンパスのステージには記者たちも入れていたので、明日以降にはまたニュースが広まることでしょう。そんなグループと契約を結べるわけです」

「ふぅん……でも、それだけじゃ弱いんじゃない？　なんせ、彼女たちはウチですでにバックアップしてるわけだし」

「だからこそです。スタープロダクションさんは少ない資金で高い知名度を誇るアイドルグループを手にすることができる。その上、提携を結べばこれからは王星学園の生徒から好きにアイドルを選抜することだって可能なわけです。もちろん、天上《てんじょう》君もね」

「……貴方、私たちの欲しいものを的確に突いてくるわね。でも、スクールアイドルをやったとしても、必ずしもその子が芸能の道に進むとは限らないじゃない？」

「それはそうですね。ただ、可能性はゼロじゃないですよ」

そこまで言うと、喜多楽は笑みを深める。

「……実は、天上君も次に結成される男性スクールアイドルの一人として、参加が決定しましたしね」

「何ですって⁉」

思いもよらない喜多楽の言葉に、社長は思わず立ち上がった。

「さあ、どうです？　彼が参加するアイドルグループと契約を結べるかもしれないんですよ？　それに、芸能科を作れば、今度は芸能界を目指す才能ある子たちがその学科に集まるわけですから、より確実に社長の求める人材を得られるでしょう。こう言ってはあれですが、ウチにはかなり優秀な子が多いですからね」

伝えることは伝えたと言わんばかりに口を閉ざした喜多楽。

そんな喜多楽を前に、社長は冷や汗を流した。

「……貴方、最初からここまで見越していたのかしら？」

「いいえ？　私は自分が楽しいと思うことをしているだけですよ」

何とも言えない喜多楽の言葉に、社長は肩の力を抜きつつ、ため息を吐いた。

「はぁ……いいわ。その提案、乗りましょう……！」

――――こうして、優夜《ゆうや》の知らないところで、色々なことが動き始めるのだった。

＊＊＊

その頃、『世界の間』では――――。

「――――それで？　他の世界はどうだ？」

禿頭《とくとう》の筋骨隆々とした男が、静かにそう訊《き》いた。

すると、その背後に控えていた仮面の男が、恭《うやうや》しく頭を下げる。

「すべて侵略は完了しております」

「そうか……やはり、脆《もろ》いものだな。我が力を与えた駒であれば、並行世界の己自身と言えども、簡単に倒せるというわけだ」

「……そう考えると、ますます前回の駒の敗北が気になります」

「……ああ、あの妙な力を使う駒か」

仮面の男とその主《あるじ》が語る駒とは、まさに並行世界の優夜のことだった。

「我の力を与えずとも、ヤツは命を落とした時に霊力などという妙な力を得ていた。だからこそ、並行世界の同じ存在に負けた理由が分からぬ。同じスペック同士、死んだ後に手に入る力を持つ我が駒の方が強いと思ったのだがな……」

「……私も詳しいことは分からないのですが、あの駒の並行世界の存在は、どうやらあの駒にはない、また未知なる力を身に付けているようでした」

「未知なる力か……我もあの妖力や霊力は奪えなかったからな。今度こそ、あの力を手に入れられればいいが……まあよい。それよりも、侵略した世界はどこだ？」

「こちらに。あとは主様の赴くまま、食していただければ……」

その瞬間、無数のシャボン玉のような世界が、主様と呼ばれた男の前に並べられた。

すると禿頭の男は、その世界を手で摑《つか》み、口に運ぶと啜《すす》り上げ、一瞬にして体内に収めてしまった。

そのまま次々と他の世界も摂取していくと、嬉《うれ》しそうに口を開く。

「……あと少し、あと少しだ」

「やはり、あの世界で最後になるのでしょうか？」

「ああ。侵略に失敗したあの世界さえ吸収できれば、我らの悲願は達成できるだろう」

そうハッキリと告げる禿頭の男に対し、仮面の男はどこか不安そうに口を開いた。

「……本当に可能なのでしょうか」

「何？」

「本当に……我らの住める世界が創れるとお思いで？」

「……」

仮面の男の言葉に対して、禿頭の男はしばらく口を閉ざす。

「……創るしかない。それは、お前も分かっているだろう？」

「……」

「我らは生まれた時から世界に拒絶され、この『世界の間』で生きてきた。あらゆる世界の営みをただ外から眺めることしかできなかったのだ。しかし、我はこうして力を手に入れ、世界に干渉する術《すべ》を得た！　……それでも、一瞬だけだがな。あの駒を殺した時も、それは実感しただろう？」

「……はい。あの駒を殺してすぐ、やはりあの世界から私は弾《はじ》き出されました」

「そうだ。どれだけ力を得ようが……いや、むしろ、力を得れば得るほど、世界は我らを拒絶する。結局、我らの住める世界なんて存在しないのだ」

そう悲し気に語る禿頭の男だったが、すぐさま激情を瞳に宿した。

「だが！　我らには運があった。何が起きたのか、我らですら超えることのできなかった次元の境界線が消えたおかげで、この『世界の間』に漂う世界が倍増したのだ！」

そう語った後、禿頭の男は拳を握りしめる。

「世界が我らを拒絶すると言うのなら、その世界を吸収し、その力を用いて我らの住める世界を創るしかない！　……やるしか、ないのだ」

「……」

「……ひとまず、そのためにも……我は今摂取した力を、完全に体内に取り込んでいく。

そして、それが終わり次第……最後の世界を、食《く》らうとしよう」

――『世界の間』にて、侵略者の準備は着々と進んでいくのだった。

第二章　神力と神威

各地で様々な思惑が動く中、異世界では――――。


「ようやく見つけたわよ、シュウ」

イリスたちが、『刀聖《とうせい》』シュウ・ザクレンたちの居場所を突き止めていた。

シュウは数人の『聖《せい》』を従えて対峙《たいじ》する。

「ほう？　まさかこの場所が見つかるとは……」

「……それで全員かしら？　【天聖祭《てんせいさい》】で見かけた人数とは違うみたいだけど……」

イリスの言う通り、今のシュウが連れてきた『聖』たちの人数は、【天聖祭】でシュウ側に付いた『聖』の人数と一致していなかった。

「もちろん、これが全員ではないさ……我々はすでに動き出しているというだけだよ」

「チッ……少し遅かったみたいね」

《仕方ない。【竜谷《りゅうこく》】の竜どもは手ごわいからな、時間をとられた。まさか、この地を貴様らが利用していたとは思いもしなかったが……》

そう、シュウたちは【大魔境《だいまきょう》】並みに危険とされる、【竜谷】に身を潜めていたのだ。

ここには過去に虚竜《きょりゅう》となった創世竜《そうせいりゅう》が存在していたが、優夜が倒したことでその存在は正確に伝わっておらず、物語として語られているだけだった。

ただし、その地に棲《す》む竜たちの強さは健在であり、普通の者たちでは近づくことさえできない。

「アンタたちが派手に映像魔法を使ってくれたおかげで、その魔力を辿《たど》れたのよ」

「そう簡単に気づかれるようなものじゃないが……やはり、【天聖祭】で君たちは手を抜いていたみたいだね」

「そういうこと。それで、そんな私たちにすら負けた貴方《あなた》たちを止めに来たのよ」

シュウに対し、剣を向けるイリス。

だが、シュウは動じた様子を一切見せなかった。

「……そうか。やはり、君たちは我々の考えに賛同できないと言うわけか」

「当然でしょ？　世界を……人類を管理するなんて正気じゃないわ」

「君たちは何も分かっていない……ただ、己に与えられた役割を、思考を放棄して全《まっと》うする傀儡《かいらい》でしかないんだな」

《フン。貴様が何を語ろうが、俺は好きで『聖』をやっている。たとえ『邪《じゃ》』が発生する原因自体を消せるとしても、人類を管理しようなど思いもせん》

「そうだな……確かにシュウの語る通り、人類は愚かだと思うことはある。だが、全員がそうではない。全人類の意思を管理するなど、私には理解できないよ」

ウサギたちもまた、シュウに向けてそう告げた。

すると、シュウは静かに首を振る。

「……残念だ。君たちとは分かり合えないようだね」

「そうよ。だからこそ、ここで貴方たちを止めるわ」

イリスはすぐさま臨戦態勢に入ると、それに続いてウサギとオーディスも構えを取った。

「本気でそれができるとでも？」

「やってみせるって言ってるの……！」

イリスは凄《すさ》まじい勢いで踏み込むと、シュウとの距離を一瞬にして詰める。

「『天聖斬《てんせいざん》』！」

そして、『聖』の力を全開にした一撃を放った。

だが……。

「やらせませんよ」

「！」

突然、撥弦楽器《はつげんがっき》の音が響き渡る。

その瞬間、その音は魔力の塊となり、シュウに迫っていたイリスの剣を弾き飛ばした。

「我々の崇高な理念を理解できないとは……何とも度《ど》し難《がた》いですね」

「……トーン」

イリスの攻撃を防いだのは、竪琴《たてごと》のようなものを手にした、吟遊詩人風の男――『音聖《おんせい》』トーンだった。

すると、トーンに続く形でシュウを護《まも》るように二人の男が新たに前に出る。

「俺たちの邪魔をするってんなら、容赦しないぜ」

「【天聖祭】の時はシュウに手を抜けって言われて大変だったが、ここからは本気を出せるもんなぁ？」

「……レオ、セラス」

イリスの前に新たに立ちはだかったのは、獅子《しし》のような獣人の男と、鹿の角を持つ獣人の男だった。

獅子の獣人は『牙聖《がせい》』レオ・ファンガード。

鹿の獣人は『角聖《かくせい》』セラス・ライノホーン。

それぞれが種族としての特性を有した、『聖』の一員だった。

レオは首や肩の筋肉をほぐすような動きを見せると、獰猛《どうもう》な笑みを浮かべる。

そして、凄まじい勢いでイリス目掛けて牙を剝《む》いた。

「前々から【天聖祭】最強がお前なことに納得いかなかったんだよなぁ！」

《────フン！》

「！」

だが、突撃するレオに対し、ウサギが突っ込むと、顔面目掛けて蹴りを放つ。

その蹴りに気づいたレオは、その場で急ブレーキをかけると、一気に飛び退《との》いた。

「ウサギィ……！」

《貴様の相手は俺だ》

「ハッ！　草食獣ごときが、この俺に勝てると思ってるのかよ！」

レオは全身から『聖』の力と魔力を噴出させるや否《いな》や、ウサギ目掛けて飛びかかった。

しかし、ウサギはその攻撃を冷静に見つめ、ギリギリでかわしながらレオの胴体に蹴りを叩《たた》きこんだ。

《ハアッ！》

「むぐぉ⁉」

「レオ！」

「――――いかせんよ」

レオのサポートにセラスが動こうとしたところに、オーディスが一瞬で魔力の弾丸を無数に生み出し、セラスに向けて発射した。

その連射は凄まじく、小さな魔力の塊でありながら地面を大きく抉《えぐ》りながらセラスに迫った。

「チッ！　鬱陶しいッ！」

「イリス！　今のうちにシュウを！」

「ええ！」

ウサギとオーディスが二人の『聖』を抑える中、イリスはシュウを目掛けて飛び出す。

だが、トーンがイリスの攻撃を阻止しようと動いた。

「させませんよ！　『音覇《おんぱ》』！」

トーンが竪琴をかき鳴らした瞬間、その音は魔力の波動となり、触れるものすべてを破壊していく。

しかし、イリスはそんな攻撃に臆することなく、魔力の波動を真正面から迎え撃った。

「はあああ！」

「何⁉　がはっ！」

そして、イリスが振り下ろした剣は魔力の音波を消滅させると、流れるようにトーンの体を斬りつけた。

こうしてシュウまでの障害を取り払ったイリスは、『神威』を発動させながら、逃げられないように一瞬でシュウとの距離を詰めた。

「な――――」

「――――これで終わりよッ！」

『神威』に続き、『聖』の力と魔力を混ぜ合わせた一撃。

その一撃を前に、シュウは避けることも叶《かな》わず、胴体を斬り裂かれた。

静かに倒れゆくシュウ。

それを見て、イリスをはじめ、ウサギたちも勝利を確信した。

だが――――。

「――――なんだ、この程度か」

斬り裂かれたはずのシュウが、何事もなかったかのように起き上がったのだ。

そのうえ……。

「ええ、そうですねぇ。警戒していた割には、大した力ではありませんでしたね」

「どう、して……」

何と、シュウだけでなく、倒したはずのトーンも無傷で起き上がったのだ。

イリスはそんな目の前の光景が信じられず、ただ唖然《あぜん》とする。

確かにイリスは、シュウとトーンの体を斬り裂いた。それは間違いない。

だと言うのに、この二人は無傷の状態で生きている。

そして……。

《くっ⁉》

「馬鹿な⁉」

「おらおら、どうした、ウサギィィイイ！」

「そら、『魔聖《ませい》』様の魔法はその程度か⁉」

なんと、先ほどまで圧倒していたウサギとオーディスが追い込まれていたのだ。

しかも、ウサギもオーディスも『神威《かむい》』を発動させており、全力状態だと言うのに……。

「⁉」

言葉を失うイリスに対し、シュウは冷徹な視線を向けた。

「なるほど……どうやってかは知らないが、君たちも我々に近い力を手に入れているみたいだな。だが……所詮紛《まが》い物《もの》のようだ」

「紛い、物……？」

呆然《ぼうぜん》と呟《つぶや》くイリスの目の前で、シュウは隠していた力を解放した。

それに続く形で、トーンやレオたちもその力を解放する。

それは、まさしくイリスたちが発動した『神威』と同じ、虹色のオーラだった。

しかし、イリスたちと異なり、シュウやトーンたちのオーラは、その周辺に金や銀の燐《りん》光《こう》が煌《きら》めていた。


「――――これは、『神力』だ」


まるで絶対的強者かの如《ごと》く、シュウは上から見下ろすようにそう告げる。

「神力……」

「これは、我々が神となることで手に入れた力だ」

「神ですって……!?」

信じられない言葉の数々に、イリスは混乱する。

「そうだ。度し難いことに、『邪』のような存在を信奉している連中がいるのは知っているだろう。ただ信奉するだけならばともかく、ヤツらの祈りは着実に『邪』の力になっていた。それを知った私は、その祈りの力を手に入れることにしたのだ。より確実に、『邪』を滅ぼすためにね。つまり、どういうことか分かるかな？」

「……」

「簡単な話だ。『邪』が神として崇《あが》められるのなら、我々も神になればいい……」

それはまさに、狂気ともいえる発言だった。

しかし、そんな狂気的な思考を実現したからこそ、今のシュウたちの力があるのだった。

「まったく、素晴らしいよ。今までこの方法をとらなかったのが馬鹿みたいだ……だからこそ、こうして神の力を手に入れた我々は、人類を管理することにしたのだ。分かるか？　神であれば、人類の感情を管理することなど容易《たやす》いものだ」

自身を信仰の対象とすることで、そこに集まる祈りの力を手に入れたシュウたちは、『神力』を手に入れることができたのだ。

この『神力』は、まさに完璧な神の力と言えるもので、不完全な『神威』を使うことしかできないイリスたちにはどうすることもできない強大な力だった。

「──『牙神衝《がしんしょう》』！」

「──『神角穿《しんかくせん》』！」

《ぐぅうううう！》

「ぐあああああああああ！」

「ウサギ！　オーディス！」

シュウの言葉にイリスが唖然とする中、レオたちと戦っていたウサギたちが吹き飛ばされる。

そして、イリスを取り囲むようにレオたちは迫って来た。

「さて……この場所を突き止められたのは予想外だったが、結果的にはよかったな。こうして不穏分子である君たちをまとめて処分できる」

「ギャハハハ！　おいおいシュウ！　こいつらが不穏分子って冗談だろ？　こんな弱っちいヤツら、いてもいなくても一緒だぜ！」

「くっ！」

見下したようにそう告げるレオに対し、シュウは冷静に続けた。

「そう言うな。我らがこの力を手に入れたように、世の中何が起きるか分からん。事実、紛い物とはいえ、コイツらは我々と似たような力を手に入れていたからな。最後まで慎重に動くべきだろう」

「それじゃあコイツらはどうすんだよ？」

「もちろん――――ここで消す」

その瞬間、周囲をシュウの凄《すさ》まじい圧力が支配した。

すべての存在を萎縮させるようなその圧力は、容赦なくイリスに圧《お》し掛かり、イリスは耐え切れずその場に膝をつく。

だが……。

「舐《な》めるんじゃ……ないわよッ！」

「む」

イリスは無理やり体を起こすと、剣を振り上げた。

「はあああああっ！」

そして、『神威』や『聖《せい》』の力、魔力などを全開にし、今イリスが放つことのできる全力の一撃を繰り出した。

「『神聖斬《しんせいざん》』ッ！」

凄まじい力の奔流が、シュウ目掛けて放たれた。

「ほう？　まだこのような力が……」

しかしシュウは、そんな攻撃を前にしてもなお、冷静な態度を崩さない。

そして……。

「『絶《ぜつ》・一刀《いっとう》』」

静かに刀を抜き放ったシュウは圧倒的な虹色のオーラを纏《まと》いながら、自身に迫っていた膨大な力の奔流を一太刀で斬り裂いた。

「そん、な……」

「『音覇』」

「『牙閃《がせん》』！」

「『角撃《かくげき》』！」

「きゃあああっ！」

自身の渾身《こんしん》の一撃が防がれ、呆然とするイリスに対し、トーンたちはその隙を逃さないと言わんばかりに追撃を加えた。

咄嗟《とっさ》に剣を構え、攻撃の波を防いだイリスだったが、『神力』を扱うトーンたちの力は凄まじく、大きく吹き飛ばされる。

それと同時に、イリスは自身の『神威』が上手《うま》く機能していないことに気づいた。

「ぐっ……ど、どう、して『神威』が……」

「君たちの力が何なのかは分からないが、紛い物が本物の神の力に敵《かな》うはずがないだろう？　我らの力に、ただ呑《の》み込まれただけさ」

シュウの言う通り、イリスたちの『神威』はシュウたちの『神力』を前にしたことで、その力の差によって呑み込まれてしまっていたのだった。

観測者たちは厳密には神ではないため、もちろん、彼らが『神力』を使うことはできないが、この場で放たれる『神威』が観測者の『神威』であったのなら、また結果は違ったかもしれない。しかし観測者ではないイリスたちが扱う『神威』ではこれが限界だった。

必死に起き上がろうとするイリスに対して、シュウは冷めた視線を向けた。

「はぁ……つまらないな。かつては最強の『聖』とよばれたイリスでさえ、神の前ではこうもあっけない……」

そう告げると、シュウはイリスたちに背を向ける。

「……後は任せたぞ」

「待……ちな、さい……！」

去っていくシュウに手を伸ばし、何とか彼を引き留めようとするものの、シュウはそのまま『神力』を使い、一瞬にしてその場から消えてしまった。

そんなシュウを見送ったレオは、イリスを見下ろす。

「残念だったなぁ？　お前ら程度じゃシュウどころか、俺たちの足止めすらできねぇよ」

「ひとまず、このイリスから処分するか」

「『剣聖《けんせい》』の悲鳴は……どのような音を奏《かな》でるのですかねぇ」

レオ、セラス、トーンの三人は、イリスをじわじわ追い詰めるように囲み始める。

そして……。

「あばよ！　『牙乱《がらん》』！」

「『一角穿《いっかくせん》』！」

「『裂音《はおん》』！」

連続で行われる噛《か》みつき攻撃と、強烈な角による一閃《いっせん》。

そして、周囲を斬り裂く音の波動が、一気にイリスに襲い掛かった。

イリスはほとんど無意識に近い形で、剣を構えると、それらの攻撃を受ける。

だが、ほとんど力の残っていないイリスにとって、『神力』を使うレオたちの攻撃は苛烈すぎるもので、とても耐えられるものではなかった。

それでもギリギリのところで均衡を保てているのは、イリスが長い修行によって身に付けた基礎的な技術によるものに他ならない。

「ああ!? しぶてぇなぁ！ いい加減くたばりやがれッ！」

中々倒れないイリスに焦《じ》れるレオ。

イリスは朦朧《もうろう》とする意識の中、ただ必死にこの状況から生き延びることだけに集中した。

その集中はやがて極限まで達し、周囲の音や匂いが消えていく。

そして――――。

「(あれ……レオたちの攻撃が……ゆっくりに見える……)」

何故《なぜ》か、自身に向けられる攻撃のすべてが、ゆっくりに見え始めたのだ。

今にも意識が途切れそうなイリスに、この状況を深く考える余裕はない。

ただ、本能的に、イリスは動いていた。

「――――！」

レオたちの攻撃の隙間を縫った、完璧な一撃。

殺意も敵意もなく、ただそこにある物を斬るという、純粋な思考。

それはまさに、優夜《ゆうや》が賢者から教わった『無為の一撃』に他ならなかった。

回避不能のその一撃は、レオの首に吸い込まれると、その首を一瞬ではね飛ばした。

「あ？」

「レオ⁉」

「馬鹿な！」

何が起きたのか、レオたちには分からなかった。

気づいた時には、レオの首が飛び、そのまま死んでいたのだ。

この状態のまま、イリスが動けば、セラスたちも簡単に倒すことができただろう。

しかし、優夜が初めてこの『無為の一撃』を放った時と同じく、イリスの体を凄まじい疲労感が襲っていた。

ただでさえ倒れる寸前だったイリスは、これに耐え切れず、その場に倒れてしまう。

「う……ぁ……」

「……おい、トーン。何が起きたか分かったか？」

「い、いえ……ですが、彼女が未知の力を持つ可能性がある以上、早く消さねば……」

セラスとトーンは、確実にイリスを消し去るために再びイリス目掛けて技を繰り出した。

「『一角穿』！」

「『音覇』！」

もはや攻撃を防ぐことすら不可能なイリス。

このままイリスにセラスたちの攻撃が届くかと思われた……その瞬間だった。

「――――『聖魔弾《せいまだん》』！」

「「！」」

二人とイリスの間に、凄まじい勢いで魔力の弾丸が降り注いだ。

その攻撃を察知した二人は、すぐさま飛び退《の》くと、その二人を追いかけるように白い影が飛び出す。

《逃がすかッ！　『三神歩法《さんしんほほう》』！》

「ウサギッ⁉」

それは、最初にレオたちに吹き飛ばされたウサギとオーディスだった。

ウサギがトーンとセラスの相手をしている間に、オーディスはイリスに近づくと、手持ちの回復薬をイリスに飲ませる。

すると、イリスの傷はたちまち癒え、何とか動ける状態にまで回復した。

「助かったわ……」

「うむ。それよりも……シュウには逃げられたか」

「ええ。あと、すでにシュウに付いた『聖』たちが、ここに戻って来る可能性もあるわ」

「……そうなると、今度こそ私たちの負けだな」

オーディスは険しい表情でそう呟《つぶや》くと、勢いよく立ち上がる。

「イリス。君は今すぐにユウヤ君のところに行くんだ」

「え？」

「……情けない話だが、私たちだけではシュウの相手はできん。だからこそ、ユウヤ君や創世竜《そうせいりゅう》殿の力を借りる必要がある」

「そ、それじゃあウサギとオーディスは……」

「私たちはここでアイツらの足止めをする。この場から君を逃がすために」

「そんな、ダメよ！　私もここで……！」

「いいから行け！　『神威《かむい》』がまともに働かない以上、ユウヤ君の家に直接転移することができん。だからこそ、一刻も早く動く必要があるのだ。いいか、頼んだぞッ！」

「オーディス！」

イリスが呼びかけるも、オーディスはウサギの元へと向かっていった。

悔しそうにオーディスたちのことを見つめるイリスだったが、必死に立ち上がると、優夜の家を目指して走って行く。

「なっ！　おい、イリスが逃げるぞ！」

「くっ！　『乱音』！」
逃げるイリスを見て、トーンは竪琴《たてごと》から音の魔力の塊を無数に飛ばす。
《させるか！　『蹴閃脚《しゅうせんきゃく》』！》
しかし、ウサギはその攻撃のすべてを脚で打ち払うと、セラスたちの前に立ちはだかるように着地する。
《貴様らの相手は俺たちだ》
「……舐《な》めやがって」
――――こうして、イリスは優夜の元へ。ウサギたちは足止めのためにセラスたちと激闘を繰り広げるのだった。

＊＊＊

「――――皆を連れて来たわよ！」

「こ、ここが優夜君の……」

「おじゃまします」

オープンキャンパスの翌日。

振替休日となった俺たちだったが、レクシアさんが打ち上げを俺の家でしたいと言ったので、今日は佳織《かおり》や楓《かえで》たちを家に招いていた。

ナイト、アカツキ、シエルは特に問題ないが、オーマさんと空夜《くうや》さんは楓が見たらビックリしてしまうので、今日だけは異世界の家の方で過ごしてもらっていた。

……それにしても、俺の家にこんなに大勢の人が遊びに来るなんて……。

昔では考えられなかった状況に、俺は感動していた。

元々、家にはそんなに物があるわけじゃないが、お客さんが来てくれると分かった俺はいつも以上に掃除を頑張ったのだ。

ちなみに、レクシアさんを含むスクールアイドルのメンバーだけでなく、佳織も今までサポートを頑張ってくれたと言うことで、一緒にやって来ていた。

よく見ると、楓なんかは大荷物だ。何を持ってきたんだろう？

ひとまず皆を客間まで案内すると、楓が物珍しそうに家を見渡した。

「優夜君の家って大きいね！　そう言えば、ご両親は？」

「えっと……この家はおじいちゃんの家でさ。一人暮らししてるんだ」

「そうなの⁉　レクシアさんみたいな外国の人たちと繋《つな》がりがあるんだし……もしかして、海外に住んでるとか？」

「ユウヤ様のご両親！　確かに気になるわね。なるべく早くご挨拶に伺いたいし！」

「挨拶って……どうするつもりだ？」

「そりゃあ婚約者なんだもの、当然でしょ？」

「違うだろ」

「あはは……」

楓の発言に乗っかったレクシアさんに対し、ルナは冷静にツッコんだ。

だが、楓とレクシアさんだけでなく、何故か皆俺の両親のことが気になるのか、こちらを凝視してきた。

ただ、残念ながらそんな理由ではない。

「いや、そう言うわけじゃ……その、俺と両親は仲が良くないんだ」

「あ……そ、そうなんだ……ご、ごめんね」

俺の言葉に、楓は申し訳なさそうな表情を浮かべた。

しかし、今の俺にはナイトたちもいるし、こうして一緒に遊んでくれる皆がいる。

だからこそ、家族と仲が悪いことも、大して気にしていなかった。

「大丈夫、気にしないで」

……陽太たちはどうしてるかな？　それに、父さんたちも……。

嫌われていた原因だった妖力をちゃんと制御できるようになった今、いつかはちゃんと話し合えたらいいなと思った。

「わふ！」

「ぶひ～」

「ぴ！」

「あ、紹介するよ。俺の家族の、ナイト、アカツキ、シエルだ」

俺のせいで微妙な空気になってしまったところに、ナイトたちが顔を見せた。

すると、そんなナイトたちを見て、楓が目を輝かせる。

「わぁ！　この子が優夜君が飼ってるナイト君⁉　それに、ミニ豚と鳥も飼ってたの？」

「ぶひっ⁉　ぶひ、ぶひっ！」

「わわっ、な、何か怒らせちゃった⁉」

豚と言われたのがお気に召さなかったのか、アカツキは抗議するように地団駄を踏んだ。

アカツキの怒り所は分かりにくいが、豚って言われると怒るんだよね……どちらかと言えば猪《いのしし》なのかな？　どのみち、アカツキはアカツキだ。

ただ、俺は【テイム】スキルの影響か、アカツキたちと意思疎通ができるものの、スキルを持たない楓にはただ怒ってるようにしか見えないようだ。

ひとまず俺がアカツキを宥《なだ》めていると、楓がゆっくりとアカツキを撫《な》でた。

するとと、それが気持ちよかったのか、アカツキはその場に寝そべる。

「ふごー」

「わふぅ……」

「ぴ」

「あはは！　可愛《かわい》いね！」

あまりにもチョロいアカツキに、ナイトたちは呆《あき》れた様子を見せていた。

こうして皆にナイトたちを紹介し終えると、レクシアさんが手を挙げる。

「さて！　こうして皆で集まったわけだし、何かしましょ！」

「それはいいが……何か準備していたのか？」

「何も？」

「……本当に勢いだけだな……ユウヤ、この家に何か皆で遊べるようなものはあるか？」

「えっと……ごめん、俺の家にはそういったものは……」

何せ、テレビすら置いていないのだ。娯楽は一切ないと言い切れる。

あの物置部屋を探せば、何かあるかもしれないけど……。

そんなことを考えていると、楓が手を挙げた。

「はい！　一応、私、皆で遊べそうな物を持ってきたんだ！」

そう言いながら、楓は持って来ていた荷物の中から、ボードゲームらしきもの等、様々な遊べそうなものを目の前に広げた。

「本当？　わざわざごめん」

「いいよいいよ！　こっちも家に招待してもらってるし……」

「では、楓さんが用意したもので遊びましょうか」

メルルの言葉に皆で頷《うなず》くと、不意に俺の服の裾が引っ張られる。

すると、ユティがこちらを見上げていた。

「空腹。お腹《なか》が空いた」

「あ、そうだね。皆が来るって聞いてたから、お菓子を用意してたんだ」

皆が何で遊ぶかを決めている間、俺は台所で用意していたお菓子を取り出し、皿に盛りつけると、再び客間へ戻る。

「あ、ユウヤ様！　最初はこのトランプ？　ってカードで遊びましょ！」

異世界にはトランプがないようなので、楓たちがレクシアたちに簡単に説明してくれた。

そして、最初に始まったゲームは……ババ抜きだった。

「る、ルナ！　どっちがババなのか教えなさいよ！」

「フッ……そう言われて、教えるとでも？　さあ、早く引け」

「くぅ……なら、こっちよ――――って、ああああ！」

「ははは！　馬鹿め！　お前にババが渡ったぞ！」

――結果、すごく盛り上がっていた。

ただ……。

「優夜《ゆうや》君、すごいね！　前の野外学習でバスの中でババ抜きした時も、連続で一位だったし……」

そう、俺は何回やってもババが手札に回ってこないし、何なら手札も最初の段階でペアができてしまって、ほとんどない状態でスタートするのだ。

ステータスの『運』の項目が大きくかかわってるのは理解できるが……やはりずるをしてる気がするし、何より面白くない。

ただ、俺以外の皆はかなり白熱した展開で、皆の様子を見ているのはとても面白かった。

特にメルルとユティは……。

「……右にババがある確率は、80%。つまり、ここでは左です！　――――なっ⁉　そ、そんな馬鹿な⁉」

「確定。私には未来が見える。だから、メルルがこっちを引くのは分かってた」

「くぅ！」

こんな感じで、妙な心理戦が勃発していた。

そんな中で、俺の次に強かったのは、佳織だった。

「佳織もすごいよね！　連続で二位だよ？」

「そ、そんな……偶然ですよ。それに、楓さんだって上位じゃないですか」

「あはは……まあね。メルルとユティはともかく、あの二人は分かりやすいから……」

楓がそう言いながら視線を向ける先には、一騎打ちを続けるルナとレクシアさんの姿が。

何回続けても、最後はルナとレクシアさんの一騎打ちになるのだ。

ルナはこういった駆け引きが得意そうだなと思っていたのだが、運が悪いのか、何回も手札にババが来ているようだった。

そしてレクシアさんは……。

「ふ、フン！　こうして混ぜちゃえば分からないでしょ⁉　さあ、早く選びなさい！」

背中に隠しながら、二枚となったカードを混ぜたレクシアさんは、自信満々にルナの前に突き出した。

そして、ルナがその内の一枚のカードに手をかけると、その瞬間、レクシアさんの表情があからさまに変わる。

それはもう、すごく嬉《うれ》しそうな表情だった。

そんなレクシアさんの表情を見ていたルナは、容赦なくもう片方のカードを取ったことであがりとなり、レクシアさんが最下位となった。

「ああああああああああああ！」

「どうして勝てないのよおおおお！」

「お前は感情が顔に出すぎるんだ。というより、そんなことで本当に王族としてやっていけるのか……？」

た、確かにルナの言う通り、王族とか貴族の人って、なんだかこう……腹の探り合いとかやってそうなイメージだったが、レクシアさんを見てるとそうでもないのかなと思ってしまった。

……いや、レクシアさんが素直なだけだな。

何はともあれ、こうしてトランプ遊びを堪能《たんのう》していると、楓《かえで》が新しいゲームを掲げる。

「ねぇねぇ、次はこれやろうよ！」

「それは？」

楓が取り出したのは、『ツイスター』と呼ばれるゲームだった。

ルールは簡単で、四色の円が描かれたシートに、ルーレットで決められた体の部位を置くといったものだ。

ただし、膝やお尻をついたらダメらしい。

聞いたことはあったが、実際にやるのは初めてだった。

「これ、買ったはいいけどやる機会がなくてねぇ」

「私もゲーム自体は知ってましたが、初めてやります！」

レクシアさんたちは当然として、楓と佳織《かおり》も初めてやるらしい。

ひとまず、審判役一人とプレイヤー三人をローテーションで行うことになった。

俺は審判役でいいと思ったのだが、佳織たちに押され、参加することに。

こうして最初は俺、佳織、レクシアさんの三人がプレイヤーで、審判はユティとなった。

「どんな遊びかよく分からないけど、負けないわよ！」

「わ、私も負けません！」

「えっと……お手柔らかに……」

俺としては、どんなゲームなのか未知数だった。

すると、ユティがルーレットを回す。

「決定。右足、赤」

「簡単ね」

俺たちはそのまま右足を赤の位置に置いた。

その後も、左足や右手と、どんどん指示に従い、指定された通りに体を動かしていく。

すると――――。

「か、カオリ！　もう少し体を動かせないの⁉」

「こ、これ以上は無理です！」

「ちょっと、ユティ！　本当にその色なんでしょうね⁉」

「不服。ちゃんとやってる」

俺たちはどんどん無理な体勢になっていき、気づけば絡《から》まり合うような……非常に不味《まず》い体勢になっていた。

な、何て恐ろしいゲームなんだ……！

最初は簡単なストレッチをしながら遊ぶようなゲームかなと思っていたが、これはとんでもない。

佳織やレクシアさんの足の間に俺の手足があったり、逆に俺の脇の間などにレクシアさんたちの手足があったり、こう……とにかく絵面《えづら》的に大変よろしくないのだ！

「くっ……なんてうらやま……いや、けしからんゲームだ！」

「これが地球のゲームですか……これならば確かに男女の仲を深められそうですね！」

「も、持って来ておいてなんだけど、スカートでやっちゃダメなヤツだよね……？」

楓の言う通り、皆スカート姿なのもあって、目のやり場にも困るのだ。

俺は必死に視線を逸《そ》らしつつ、無理な体勢をキープしていたが、ユティが淡々と告げる。

「決定。右足を浮かす」

「浮かす⁉ そんな指示もあるの⁉」

「肯定。ルーレットは絶対」

「どうした、ユティ⁉」

そんなルーレット信者じゃなかったでしょう⁉

だが、ゲームのルールとしては、ここで俺たちは足を上げなければいけないのだ。

だがしかし、それは非常に不味い。いや、本当にヤバイ……！

なんていったって今、俺の右足は、レクシアさんたちの足の間にあるのだ。

これで浮かせたら、レクシアさんたちのスカートが……！

い、いや、諦めるのはまだ早い。ほんの少しだけ上げれば……！

俺が僅かに足を浮かせるだけで済ませようとすると、それをユティが見逃さなかった。

「違反。ユウヤ、それはダメ。ちゃんと足を上げて」

「ユティさん⁉」

「期待。わくわく」

ユティ、この状況を楽しんでるよね⁉

もしかしてだが、何か面白い未来が見えたのだろうか？　だとしても、当事者としては笑えないんですけどね！

仕方ない……ここは俺が負けて、何とかゲームを終わらせよう。

この状況を乗り切るべく、俺がわざと負けようとした……その瞬間だった。

「も……もう、無理です……！」

「あ！」

「きゃあっ！」

ついに耐え切れなくなった佳織が、そのまま崩れ落ちた。

しかも俺たちの体にもたれかかるように倒れてきたため、俺もレクシアさんも佳織に巻き込まれる形で倒れてしまう。

俺は二人が怪我《けが》をしないよう、咄嗟《とっさ》に抱きとめたが、色々な意味で体勢がヤバかった。

「あ、あの……佳織、レクシアさん？　大丈夫そうなら、その……どいてもらえると……」

俺が努めて冷静にそう告げると、佳織は顔を真っ赤にした。

「あっ……すすす、すみません！」

「もう、ユウヤ様ったら大胆ね！」

「レクシアさん⁉」

佳織は慌てて飛び退《との》いてくれたが、レクシアさんはどういうわけか、そのままぴったりと俺にくっついてきたのだ！

突然のことに頭がショートしていると、ルナがレクシアさんを持ち上げる。

「おい、何をしてる！」

「ちょっと、ルナ！　いいところだったんだから、邪魔しないでよ！」

「いいや、そんな羨ま……いや、破廉恥《はれんち》なことを見過ごせるか！　そもそも、お前は王女だろ⁉　もう少し慎みを持て！」

「そんなもの、恋の前では不要よ！」

「必要だ馬鹿！」

いつも通りともいえるやり取りをする二人をよそに、楓は顔を手で覆いつつも、指の間からこっちを見て、顔を赤くしていた。

「れ、レクシアさん、大胆……！」

「なるほど……異性との関係性を深めるためには、あのような積極性も必要だと。勉強になります」

「何の勉強⁉」

メルルはメルルで妙なことを口走っているし、とにかく滅茶苦茶《めちゃくちゃ》だった。

すると、審判を務めていたユティが、満足げに口を開く。

「満足。面白かった」

「で、でしょうね……」

「待機。次、やる」

「まだやるの⁉」

俺としてはこの危険な遊びを終わらせたかったのだが、結局ユティやメルル、そしてルナからも熱望され、俺は再び挑戦することになった。

俺はもう参加したくなかったのだが、何故《なぜ》か強制的に参加させられ、わざと負けることさえ認められなかった。

結局、俺は皆とのツイスターゲームを、無心の境地で乗り切るのだった。

何とかツイスターゲームを終え、俺がどっと疲れに襲われていたところ、今度はメルルが手を挙げた。

「あの、私も一つ、試してみたい遊びがあるんですけど……」

「どんな遊び？」

ひとまずツイスターゲームでなければ何でもいい俺は、メルルのやりたいと言うゲームを聞いた。

「王様ゲームというものをやりたいのです」

「へ？」

予想していなかったゲームの名前に俺が驚いていると、メルルは続けた。

「何でも、この星の若い男女は、このゲームで仲を深めるとか……」

「待って、それどこの情報⁉」

「エイメル星の技術を駆使して手に入れた情報です」

「絶対に間違ってる気がする！」

いや、俺は世の中の若い人たちがどんな遊びをするのか知らないので、何とも言えないが……。

すると、レクシアさんたちも興味を示した。

「あら、面白そうじゃない！」

「そうですね。私も気になります！」

俺としては、王様ゲームも勝手が分からないので何とも言えなかったが……とりあえず、ツイスターゲームのようなことにはならないだろう。

ひとまず調べてきたというメルルからルールを説明してもらい、くじを用意した。

そして……。


『王様だーれだ！』


一斉にくじを開封し、中を確認した。

「あ、私が王様よ！」

どうやら最初の王様はレクシアさんだったようで、くじを掲げ、胸を張っている。

「くっ……まさか、レクシアが最初の王様とは……」

「日ごろの行いの賜物《たまもの》ね！」

「それはないな」

「何でよ！」

ルナとじゃれあっていたレクシアさんだったが、気を取り直して宣言した。

「それじゃあ命令するわ！　――ユウヤ様は私にハグしなさい！」

「えええええええ!?」

「おい待て！　ルールが違うだろ!?」

まさかの名指しに驚いていると、ルナがすかさずツッコんだ。

というより、このゲームのルールは王様が番号を指定して、その番号の人に命令すると
いったものだ。

ただ、王様も誰がどの番号を持っているのかは分からない。

なので、いきなり俺を指名するなんてことはできないのだ……。

「えーいいじゃない！」

「ダメなものはダメだ！　ちゃんとルールに従え！」

「むぅ……それなら、三番の人！　私とハグするわよ！」

レクシアさんの言葉に、俺は固まった。

何故なら……俺の番号は、三番だったからだ。

挙動不審になる俺を見て、レクシアさんは目を輝かせる。

「あら？　まさか、ユウヤ様が三番なの!?」

「は、はい……」

「何だと!?」

「レクシアさん、ズルいです……」

何故か佳織《かおり》たちが恨めしそうにレクシアさんを見つめていたが、俺はそれどころじゃなかった。

おかしい……ツイスターゲームから解放されれば、大丈夫だと思ってたのに……！

「え、えっと……別の命令はダメですか……？」

「ダメよ！　王様の言うことは絶対！　でしょ？」

どうしよう、本物の王族であるレクシアさんが言うと、洒落《しゃれ》にならないと言うか……！

困惑する俺に対して、レクシアさんは手を広げ、俺がハグするのを待っていた。

「さ、早くしないと次にいけないわよ？」

「わ、分かりました……」

すごく緊張しつつも、俺は恐る恐るレクシアさんとハグをする。

だが、俺がレクシアさんの背中に手を回した瞬間、レクシアさんの方から抱き着かれた。

「「「あああああ！」」」

「ふふん！　いいでしょう？」

背後から何やら絶叫が聞こえてきたが、俺はそれどころじゃない。

なるべく何も考えないように意識して、何とか命令を乗り切った。

「もう終わり？　もっと抱きしめてもいいのよ？」

「か、勘弁してください……」

これ以上は俺の心臓が持たない！

というか、家に友達が遊びに来るってことだけに浮かれていたが、よくよく考えれば皆女の子で、こうして俺の家に女の子がたくさん集まっている状況はおかしいのだ。

そりゃまあ今回は、スクールアイドルのステージ成功の打ち上げでもあるので、女の子が多いのは当然なんだけどさ……。

ともかく、俺としては心臓に悪いことこの上ない。

すると、いつの間にかくじが回収され、シャッフルされた後、改めてくじが配られた。

「くっ……次こそは、私が……！」

「わ、私も優夜《ゆうや》君と……」

何故か、妙にやる気を漲《みなぎ》らせ、俺に視線を向けるルナたち。

おかしい……ゲームの主旨が変わってないかな……？　そもそも、俺をどうにかして、何が面白いのだろうか……。

まあ、あんな風に俺が何度も選ばれるわけないだろうし、俺だって王様になる可能性はあるのだ。気楽に考えよう。

そんなことを考えていると、次の王様が手を挙げた。

「あ、やった！　私が王様だ！」

すると、次は楓《かえで》に王様のくじが渡ったようで、すごく喜んでいた。

そして……。

「えっと……それじゃあ、五番の人が、私の頭をヨシヨシしてくれるとか、どうかなーって……」

「……」

——何故だ。

俺の手には、五番と書かれたくじが握られていた。

おかしい、おかしいぞ……！　こんなに連続で指名されることある⁉　いや、実際にあるから俺が指名されたわけだけどさ！

するとやはり、固まる俺を見て、俺が五番だと察した楓が目を輝かせた。

「え、もしかして、優夜君が五番⁉」

「……はい」

「そ、それじゃあ……命令通り、お願いしてもいいかな？」

上目遣いで俺を見つめる楓。

そんな楓を、ルナたちは悔しそうに見つめていた。

「くっ……馬鹿な、どうして私の手には王様のくじが……！」

「楓さんもズルいです……」

「おかしいですね……この私に王様が回ってこないなんて……」

「待機。次のくじに期待」

ひとまず、俺が楓の頭を撫《な》でないことには次に進めないので、俺は恐る恐る楓の頭を撫でた。

「え、えへへ……何だか気恥ずかしいね？」

楓は少し赤く染まった頰をかき、照れ臭そうに笑った。

そんな楓を見て、俺はもっと気恥ずかしさを感じつつも、何とか命令を達成した。

よ、よし、何とか乗り切ったぞ！

次こそは、俺以外の人が選ばれるはずだ……！

改めてくじが配られ、それぞれが自分の手元を確認していくと。

「あ……こ、今度は私です！」

なんと、次は佳織の手に王様のくじが渡っていた。

そして……。

「そ、それじゃあ……一番の人は、次の命令が下るまで、わ、私の脚をマッサージしてください！」

「……」

何で？

どうして俺の手に、一番のくじがあるのだろう。

ババ抜きの時に、いかんなく発揮していた『運』のステータスはどこに消えたんだ？

もしかして、ババ抜きで使い切ってしまったとでも言うんだろうか？

って言うか、さっきから王様の人は王様を絡《から》めた命令しか出してないよね⁉　元々こんなゲームなの⁉

冷や汗を流す俺を見て、佳織は何かに気づくと、表情を明るくする。

「も、もしかしてですけど、優夜さんが一番、ですか？」

「……はい」

「あ、あの……それじゃあ、脚を……」

おずおずと差し出された佳織の脚を、俺は緊張しながら握った。

「カオリいいなぁ」

「確かに、次の命令までって決めれば、長く優夜君と……」

「どうして……どうして私には王様のくじが……！」

皆、色々考えているようだが、俺はやはりそれどころじゃなかった。

たしかに、レクシアさんたちにはあくまでマネージャーとしてマッサージをしていたけど……！

佳織も恥ずかしそうにしながらも、こちらを見つめてはにかんだ。

そんな姿に、俺はますます緊張してしまう。

だ、大丈夫かな……手汗とか、気持ち悪くないかな……？

「（い、勢いでマッサージなんて言ってしまいましたけど、まさか本当に優夜さんに……あ、汗とか、大丈夫でしょうか……？）」

すると、何やら一瞬思案顔になった佳織に、俺の不安は募っていった。

こうしてメルルの提案で始まった王様ゲームだったが……その後も俺に王様が回ってくることはなく、なのに何故《なぜ》か毎回王様の命令に俺が絡むという結果に終わったのだった。

やっぱり、俺の『運』のステータスは機能していなかったようだ。

そんなこんなで、色々ありつつも、打ち上げは楽しく続いていくのだった。

＊＊＊

『世界の間』にそれまでになかった世界の数々が流れ込むようになってから、しばらくの時が経過した。

「にゃ」


あれから白猫は、レベルアップ前の優夜の人生を見つめ、観察し続けていた。

白猫は優夜から目が離せなかったのだ。

優夜は生まれた時から『妖力』を宿していた結果、両親から疎《うと》まれ、逆に『妖力』を身に付けていなかった弟妹が、家族から可愛《かわい》がられるようになった。

白猫には理解できなかった。

どうして同じ兄弟にもかかわらず、こんなにも対応が違うのか。

家族という存在を知らない白猫には、まったく理解できない感覚だった。

その後も成長していく優夜の姿を観察していく白猫。

優夜は同い年の子供たちに虐《いじ》められ、悲惨な生活を送っていた。

彼は何度も何度も努力を重ねたが、『妖力』という目に見えない力の影響で、それも虚《むな》しく、人から嫌われてばかり。

しかし、優夜の祖父だけは優夜の味方だった。

そして、その祖父の教えからか、根が優しいからか。

優夜は自分自身が悲惨な目に遭っているにもかかわらず、困ってる人を見つけるといつも手を貸していたのだ。

そんな優しさを目の当《まあ》たりにし、白猫はますます優夜という存在に興味を惹《ひ》かれていった。

だが、優夜の不幸は終わらない。

最大の理解者である祖父が、亡《な》くなってしまったのだ。

「にゃ……」

絶望に染まり、ただ悲しむことしかできない優夜を見て、白猫は彼を慰めてあげたいと思った。

しかし、『世界の間』で生きる白猫には、優夜に寄りそうことさえできない。

それでもなお、優しく生きていく彼を見て、白猫は完全に優夜に惹き込まれていた。

そんな中、優夜は進学した中学でさらに陰湿かつ暴力的な虐めを受けるようになる。

「フシャー！」

悪魔のように笑い、優夜を虐める生徒を見て、白猫は今すぐにでも飛びかかって、優夜を護《まも》ってあげたかった。

だが、やはりそれは叶《かな》わない。

「にゃぁ……」

自身の無力さに打ちひしがれ、白猫は悲しくなった。

その後の優夜の悲しすぎる過去に、白猫は耐えられず、思わずその場を離れてしまうのだった。

第三章　世界の間

――広大な太平洋の中心。

そこに数人の人影があった。

「――忌々《いまいま》しい場所だ」

そう口にするのは、統一された白いローブに身を包み、フードで顔を隠した人間の一人。
その姿だけでも異様だったが、その者たちは普通の人間と明らかに違っていた。
というのも、今彼らがいる場所は……太平洋の真上なのだ。
どこかの陸地に立っているわけではなく、彼らは太平洋を見下ろすかのように空中に浮いているのだ。

「ここまで回復するのに長い月日を費やしてしまったな……」

「仕方がない。これもすべて、この地球とあの女のせいだ」

「だが、その忌々しい地球の意思も消え、あの女の姿も行方《ゆくえ》知れずだ。今こそまさに絶好の機会と言える……」

口々にそう語るローブ姿の人間たち。

すると、そのうちの一人が苦々しい表情を浮かべた。

「くっ……考えれば考えるほど屈辱的だ。神である我々が、地球の被創造物である人間に擬態するなど……！」

そう、この太平洋の上に集まっているのは、太古の昔に打倒された神々だったのだ。

ムーアトラの民によって神獣を封印され、力を落とした神々は、それまで奴隷として扱ってきた人間たちの反逆によって滅ぼされた。

こうして人間が時代を創っていくことになったのだが……実は万が一に備え、神々は人間の肉体を用意していたのだ。

だが、元々人間を玩具《おもちゃ》としてしか認識していなかった神々にとって、自分自身を神から人間に格下げするのは我慢ならなかった。

何より、神々は神獣によってムーアトラを滅ぼせると考えていたため、あくまで保険として考えていたにすぎなかった。

しかし、結果的に、ムーアトラの力によって神獣は封印され、神々もその地位を追われることになってしまった。

このままでは、自分たちは真の意味で消滅してしまうと考え、彼らは、苦渋の決断として用意していた体を使って人間へと変化《へんげ》したのだ。

弱っていたとはいえ、神であった彼らは強大な力を持っていたが、人間に変身する際、その力をさらに大きく落とすことになった。

それでも、神々に選択肢は残されていなかった。

幸い、人間として身を隠せば、地球やサーラ、そしてムーアトラの民による索敵から逃れられる。

さらに肉体こそ人間に落ちたが、微《かす》かに残った神の力は健在で、彼らは人間としての寿命を超越し、不老の身体《からだ》を手にしていた。

そのため、彼らは長い時間をかけ、失った神の力を回復させることに専念してきたのだ。

「気持ちは分かるが、その恨みは神獣を復活させた後、この星にぶつけてやればいい」

「……それもそうだな。しかし、まだ力は万全ではない。神獣を復活させたとしても、この状態で人類に勝てるだろうか?」

一人の神がそう口にすると、別の神が口を開く。

「安心しろ。確かにこの長い時間の中で、人類は爆発的に増殖した。しかし、数だけだ。

ムーアトラのような技術もなければ、あの忌々しき『星力』や魔力を使える人間など存在しないのだ。我らの勝利は揺るがんさ」

「それもそうだな」

説明を受けた神がそう頷《うなず》くと、別の神が眉を顰《ひそ》める。

「ただ一つ気がかりなのは……あの女の棺《ひつぎ》が見つかっていないことだ」

「フン。所詮は地球に残された少ない力で生み出された棺だろう？　そんなものではあの女を保護し続けるなど不可能だろうよ」

「そうかもしれんが、楽観視もできん。我らがこの世界を支配するためには、不安要素は排除しておくべきだ」

その他の者たちも同じ思いだったため、

「……まったく、忌々しい。神としての力を取り戻し、全知の力さえ使えれば……」

「使えたところで、この星とあの女のことは分からんよ。だからこそ、その存在を排除しようとしてきたわけだからな」

神の一人は重いため息を吐《つ》いた。

「とはいえ、見つからないものはどうしようもなかろう？　どうすると言うのだ？」

「それについてだが、一つ気になる場所がある」

「何？」

思わぬ発言をした神を、他の神々は見つめた。

多くの視線を受けながらもその神は言葉を続ける。

「実は以前、日本という場所から、妙な力の波動を感知したのだ」

「何？　それはまさか、あの女の力か⁉」

「分からん。だが、少し前にあの国で飛行機のハイジャック事件があったのを覚えているか？」

「ああ。確か、一人の男が解決したとかなんとか……」

神の語る事件は、優夜《ゆうや》が佳織《かおり》の妹である佳澄《かすみ》をハイジャック犯から救った件のことだった。

「そうだ。そしてその男が怪しいと我は睨《にら》んでいる」

「どういう意味だ？」

「考えてみろ。今の時代、たった一人の人間が、重火器を手にした人間を倒し、人質を解放するなど不可能だ。その上、その男は飛行機内から忽然《こつぜん》と姿を消したという話だ。そんな芸当、今の人間には絶対に無理だ」

「もしや……」

神の一人が感づいたように声を上げると、説明していた神は頷く。

「ああ。その男は……あの女から魔力とやらの力を授かっている可能性が高いのだ。我々の動きに合わせて、あの女の封印が解け始めた可能性もある」

一切手掛かりがないと思われていたところに、まさかの痕跡。

神たちは静かに考え込む。

「……なるほど、日本か……」

「今すぐにでも探しに行きたいが、神獣の件もある」

「ならば、二手に分かれよう。何人かは日本に向かい、その男を探し出す。そして残りはこの場で神獣の封印を解除するのだ」

「確かに、それがよいな」

「うむ。では、この話を持ち出した我は、日本に向かうとしよう。神獣の復活は頼んだぞ――」

そう口にした後、数人の神は一瞬にして姿を消す。

そして残りの神は、改めて眼下の太平洋を睨みつけた。

「さあ……今度こそ、この星を我らの物に――」

――こうして、消えたはずの歴史が動き始めるのだった。

＊＊＊

地球で様々な思惑が動き始めている頃、冥界では……。

「いち、に、さん……ぬおあ！　け、怪我《けが》をして一回休みじゃと⁉」

「それだけじゃありません。治療費一万円です」

「ぬおおお！　ま、待つのじゃ！　それを払ってしまったら、我の全財産があああ！」

霊冥と一角《いっかく》、二角《にかく》の三人が、すごろくを囲んでいた。

そして止まったマスの内容に嘆く霊冥《レイメイ》をよそに、一角は冷静に続ける。

「次は私の番ですね……おや、子供が生まれたそうです。霊冥様、二角。祝儀《しゅうぎ》として私に一万円を」

「わ、我はもう一文無しなんじゃぞ⁉　それなのに、まだ我からむしり取るつもりか⁉」

「これが世の摂理です」

「い、嫌じゃあああああああ！」

「あ、あのう……」

ヒートアップする二人に対して、二角がおずおずと声を上げる。

「二角！　お主も文句を言うんじゃ！　こやつ、主《あるじ》である我から金をむしろうとしておるのじゃぞ⁉　まさに金の亡者《もうじゃ》じゃ！」

「それがルールですので」

「い、いや、その……霊冥様、お仕事はいいんですか？」

二角は訳も分からないまま、霊冥に誘われる形でこのすごろくに参加していた。

だが、本来霊冥は冥界のあらゆる行事を取り仕切り、何より死者の判決を決めるという重大な役目を担《にな》っているのだ。

そのため、彼女にはこのように遊んでいる時間はないはずなのだが……。

「その点については心配いらぬ。虚神《うつろがみ》の影響で消えてしまった現世との境界線を修復する際に、ついでに冥界の機能も弄《いじ》ったからのぅ」

「え、そうなのですか⁉」

サラッと告げられた事実に、二角は驚いた。

そして一角もそのことは知らなかったのか、目を見開いている。

「何じゃ、一角も気づいとらんかったのか？」

「はい。てっきり、仕事が嫌になって現実逃避しているだけかと……」

一角の正直すぎる言葉に、霊冥は頬を引きつらせた。

「お、お主ら……まあよい。言っておくが、この機能の改修は、お主らにも利益があるのじゃぞ」

「といいますと？」

「今までの冥界では、よほどのことがない限り、すべて我が直接裁定を下しておった。じゃが、それだと時間がかかりすぎる。そこで、この冥界にやってきた者の中である程度魂の穢《けが》れがない連中は、そのまま輪廻《りんね》の輪に戻すか、神界へ自動的に昇天させるようにしたのじゃ」

「な、なるほど」

「それと、汚れた魂に関しても同じじゃ。あらかじめ魂の汚れ具合で罪と罰を決め、自動的に罰が割り振られるように改変しておる。そして、その度合いを超える汚れた魂を持つ者がやってきた時だけ、お主らが我の前にその者を連れてくるのじゃ」

「……どおりで、最近急激に死者の魂が減ったと思っていました。そのおかげと言いますか、我々は暇になったわけですね」

「そうじゃ。まあ今までが働きづめだったからのぅ。以前は冥子《メイコ》の封印のこともあり、冥界の法則を改修するのは危険じゃった。しかし、その冥子も解放され、ようやく冥界の形を整えることができたんじゃよ」

「そういうことでしたか。まあそれはともかく、早く一万円を」

「まだ言うか⁉」

一角の容赦ない追及に、霊冥は泣く泣く借金をして、一角に一万円を支払った。

そんな今までの冥界ではありえない光景が続く中、そこに一人の鬼がやって来る。

「霊冥様！」

「む？　どうした？」

「お客様がお見えです！」

「客じゃと？」

冥界の法則を改修したことで、霊冥のいる場所に訪れる者はぐっと減った。

何より、裁定を待つ者ではなく、客が来るのは非常に珍しい。

「――お久しぶりです、霊冥様」

鬼の背後にいたのは……冥界にいる空夜《くうや》の本体だった。

予想外の人物に霊冥は驚く。

「お主は……空夜じゃな」

「覚えていただき、光栄ですぞ」

「何を言うか。お主には冥子を救う際、世話になったからの。それに、この冥界で自由に動けるだけの妖力を扱える者など、そうおらん」

霊冥の言う通り、本来死者は自由に冥界内を移動することはできない。

それは冥界の秩序を護《まも》るためであり、移動する際は鬼によって連行される形が普通だった。

何より、冥界に漂う霊冥の妖力と霊力に押しつぶされる可能性があるため、鬼の保護がなければ移動することは非常に困難なのだ。

だが、莫大《ばくだい》な妖力と、死んだことで新たに霊力を手に入れた空夜は、この冥界で数少ない自由に移動することができる存在になっていた。

「それで、どうしてここに?」

一角たちにすごろくを片付けさせながら、霊冥はそう尋ねる。

すると、空夜は真剣な表情で口を開いた。

「実は……」

＊＊＊

「――――そうか……恐れておったことがのぉ……」

空夜は現世で起きている事象を霊冥に説明した。

優夜が並行世界の自分自身と戦ったこと、そして、世界の外側からやってきたという謎の男による襲撃を受けたことを報告し、相談したのだ。

「霊冥様。その謎の襲撃者が何者なのか、心当たりはございますか？」

「……予想ならある。とにかく、そやつらの襲撃があった以上、我らも無関係とは言えん。一角よ！」

「はっ」

霊冥の呼びかけに、すごろくを片付けていた一角が手を止めた。

「今すぐ現世に向かい、ここに優夜を連れてくるのじゃ」

「御意」

そして、一角は頷《うなず》くと同時に、霞《かすみ》のようにその姿を消したのだった。

＊＊＊

「ここが日本か……」

空夜が冥界で霊冥に接触している頃。

一人の青年が日本の地に降り立っていた。

ただ、普通の観光客とは異なり、空港では大勢の報道陣や物々しいSPたちがその青年を出迎えている。

そんな大げさな歓迎を前に、青年は呆《あき》れた。

「おい、ジェームズ。ここまで大事にしなくても……」

「何をおっしゃいますか。殿下は我が国の王太子であらせられるのですから、SPの配備は当然のことです。それに、最近は物騒なニュースもございますし、正直、この数でも少ないと思っているのですから」

執事であるジェームズの言葉に、青年はため息を吐《つ》く。

「はぁ……カオリとはロマンチックに二人っきりで再会したかったのにな……」

「諦めてください。これも殿下のためです。万が一、カオリという少女にも何かあれば、殿下もお困りになるでしょう？」

「それはそうだが……」

「SPの数が不満だとおっしゃるのであれば、私としては報道陣が何故《なぜ》かこの空港に駆け付けていることに納得がいきません」

「それこそ俺が来るのだから、これくらい当然だろう。それに、ここで俺とカオリの関係を世界にアピールできれば、婚約は確実だからね」

そう生き生きと語る青年に、ジェームズは眉を顰《ひそ》めた。

「ううむ……まさか、殿下に先手を打たれているとは……もし殿下の言う通り、この状況でカオリという少女と接触してしまえば、婚約を覆《くつがえ》すのは難しくなるかもしれない……」

「どうした？」

「……いえ、何でもありません」

青年の計画通りに話が進むことを良しとしないジェームズは、これからどう動くべきか、頭を悩ますのだった。

＊＊＊

オープンキャンパスから一週間。

休日の今日は、襲撃者に備えて妖術の修行をするつもりだった。

すると、突然、俺の目の前に謎の黒い渦が出現した。

「な、何だ⁉」

まさか、もう襲撃者が⁉

俺が慌てて【絶槍《ぜっそう》】を取り出し、構えると、そこに空夜さんがやって来る。

「待つんじゃ。その穴は、前回と同じく一角《いっかく》様のものじゃ」

「え？」

「ほれ、麿《まろ》の本体を使って、霊冥《レイメイ》様と連絡を取ると言ったじゃろ？　その関係で、霊冥様がすぐに動いてくださったのじゃ」

「な、なるほど」

ひとまず俺が武器を下ろすと、渦の中から一角さんが出現した。

「お久しぶりですね、優夜《ゆうや》様」

「ご、ご無沙汰しております……」

相変わらず静謐《せいひつ》なオーラを漂わせる一角さんに、俺は恐縮しっぱなしだった。

すると、家の中からナイトたちを含め、皆が集まって来た。

「わん！」

『また妙な気配がすると思ったら……』

「ちょ、ちょっとユウヤ様！　そこにいるのはもしかして……」

「あ……こちらは一角さん。前に冥子《メイコ》の件で説明した、冥界の方です」

俺がそう紹介すると、一角さんは恭《うやうや》しく頭を下げた。

それに釣られ、レクシアさんたちも頭を下げると、すぐに何かに気づく。

「って、待ってちょうだい！　どうして冥界の方がこちらに？　もしかして、メイコ関係かしら？」

「い、いえ、そう言うわけでは……」

俺はまだ、レクシアさんたちに並行世界のことを伝えていないので、何て説明したらいいのか分からなかった。

……できることなら、皆を不安にさせたくないし、黙っていたかったんだが……。

すると、そんな俺の心情を察してか、一角さんが助け船を出してくれた。

「実は、冥界の状況も落ち着いたので、我が主《あるじ》……霊冥様が、改めて優夜様にお礼が言いたいということで、今回はお迎えにあがった次第です。優夜様、お時間は大丈夫でしょうか？」

「は、はい、大丈夫です！」

「あの、それって私たちは一緒に行けないんですか？」

レクシアさんがすかさずそう声を上げると、一角さんは申し訳なさそうに首を振った。

「……残念ではございますが、冥界は死者の国。死者、または妖力を持つ者だけが行ける場所なのです……」

「そう……」

「妖力というのは、ユウヤの新たな力だったな。冥界へ向かうための資格にもなるとは……改めて聞くととんでもないな」

「それで、優夜様。早速向かおうと思いますが、大丈夫ですか?」

「あ、あの!」

一角さんの言葉に頷こうとした瞬間、冥子《メイコ》が声を上げた。

「わ、私も連れて行ってもらえないでしょうか?」

「貴女《あなた》は……」

一角さんは微《かす》かに目を見開くも、すぐに笑みを浮かべて頷いた。

「貴女であれば、大丈夫でしょう。むしろ、霊冥様もお喜びになるかと」

「ありがとうございます!」

こうして俺は一角さんと一緒に冥界に行くことが決まったわけだが……もし俺がこの世界から離れている間に、襲撃者が来たら困る。

だから……。

「オーマさん。皆のこと、お願いします」

『フン。仕方ないな……』

「ナイトも、お願いね」

「わふ！」

「ぶひっ⁉　ふごっ！」

「ぴ！　ぴぃ！」

「ははは。もちろん、二人ともお願いね」

ナイトに張り合うように声を上げるアカツキとシエルに和んだところで、俺と冥子は久しぶりに冥界へと向かうのだった。

＊＊＊

優夜が冥界に向かった頃。

日帝《にってい》学園では、神山《かみやま》は白井《しらい》からとある資料を渡されていた。

「――――こちらが、候補となる生徒の情報になります」

「ご苦労様」

神山に手渡された資料には、日帝学園の生徒の顔写真と共に、その生徒に関する情報が細かく記載されていた。

「いいですわね。これなら、私たちの学園でもスクールアイドルを結成できそうですわ」

そう、神山は王星《おうせい》学園で進められているスクールアイドル計画に対抗するため、日帝学園でもスクールアイドルを結成しようと考えていたのだ。

そのためのメンバーを選考するために、こうして執事の白井に頼み、生徒たちの情報をまとめていたのである。

すると、白井が口を開いた。

「お嬢様のおおせの通り、男女共に集めてきましたが、よろしかったので？　王星学園は女性だけのグループだったはずですが……」

「構いませんわ。確かに今の王星学園では女性のスクールアイドル計画が進行中ですが、あの喜多楽《きたらく》家の御曹司のことですから、男性アイドルも視野に入れているはず……。それならば、初めからこちらも両グループを用意しておくべきでしょう。それに、男女混合グループを作ってみるのもいいかもしれませんわね」

神山は王星学園の生徒会長である喜多楽のことを知っているからこそ、先んじて動き出していたのだ。

こうして集められた情報を眺めつつ、神山は悔しそうな表情を浮かべる。

「……我が学園も素晴らしい人材ばかりですけど、やはり優夜さんに匹敵する方はいませんわね……」

元々、神山としては優夜を日帝学園に引き込むつもりだった。

だが、王星学園での生活を楽しんでいる優夜に断られ、泣く泣く諦めたのだ。

そして、スクールアイドル計画を始動するうえで、やはり人目を惹《ひ》く人材を求めていた神山は、優夜という人間が手元にいないことを悔しく思った。

「……あの御曹司のことですから、恐らく優夜さんを起用するはず……何とか引き抜ければいいのですけど、それも難しいですわね……」

そこまで考えた神山は、一つため息を吐いた。

「それに……スクールアイドル計画だけで終わるとは思えないわ」

「と言いますと？」

「確かにスクールアイドル計画が王星学園の生徒を集めるための宣伝手段として機能しているのは分かりますが、そのためだけにしては少し大事すぎる気がしますの。聞いた話では、あのスタープロダクションの歌森奏《うたもりかなで》に楽曲を作ってもらったり、かなり気合が入っているようですし……」

「それでしたら、一つ噂《うわさ》がございます」

「噂？」

白井の言葉に首を傾《かし》げる神山。

すると、白井は頷《うなず》いた。

「はい。どこまで本当のことかは分かりませんが……王星学園が芸能科を新設するのではと」

「芸能科！」

その言葉に、神山は目を見開いた。

「なるほど……スクールアイドルはあくまで完成形の一つであって、真の目的は芸能科を創設することだったわけですわね⁉　確かに、スクールアイドルが成功すれば、一つの成功例として芸能科を設立しやすくなる……。ハッ⁉　もしかして、その布石として、スタープロダクションと協力を⁉」

「どういうことでしょうか？」

いまいち理解できていない白井がそう訊《き》くと、神山は少し自身を落ち着かせながら言葉を続けた。

「……いい？　芸能科を設立するとなると、その科目を教えるための教師が必要になりますわ。ただ、今まで普通の学園でしかなかった王星学園に、そのノウハウは存在しない。……そこで、王星学園のスクールアイドル計画に参加したスタープロダクションと提携することで、王星学園はスタープロダクションの人材を教師として招くことができるのですわ」

「なるほど」

「……それに、スタープロダクションは養成所なども抱えていませんから、これを機に後進育成にも力を入れるはず。そうなると、スタープロダクションはより大きくなり、そこと提携している王星学園もまた、大きくなりかねませんわ……！」

そこまで口にすると、神山はすぐに指示を出す。

「白井！　今からスタープロダクションと張り合える芸能事務所を探してきなさい！　そして、そことコンタクトを取り、我が学園にも芸能科を取り入れるわよ！」

「かしこまりました」

こうして、日帝学園もまた、芸能科新設に向け、動き始めるのだった。

＊＊＊

俺たちが無事に冥界にたどり着くと、冥子は懐《なつ》かしそうに周囲を見渡す。

「……本当に冥界の修復は終わったようですね。落ち着きます……」

冥子の言う通り、久しぶりに訪れた冥界には、色々な復興作業が終わったからか、落ち着いた雰囲気が漂っていた。

冥子の妖力が暴走した痕跡も、綺麗《きれい》に修復されている。

そんな風に周囲を見渡しながら一角《いっかく》さんについて行くと、霊冥《レイメイ》様の元にたどり着いた。

「よく来たの！　そして……久しぶりじゃな」

「……お久しぶりです、霊冥様」

霊冥様は俺を見て目を輝かせた後、冥子に視線を移し、優し気に微笑《ほほえ》んだ。

「見たところ、元気そうじゃな」

「はい！　現世ではご主人様だけでなく、皆さんによくしてもらってます！」

冥子がやって来た当初はどうなるかと思ったが、今ではレクシアさんたちのお世話も完璧で、まさにメイドとしての立ち振る舞いが身に付いていた。

「うむ、よいことじゃ。まあ……その恰好《かっこう》の意味はよう分からんが……」

霊冥様自身も、冥子のメイド化には疑問しかないようだ。

「まあよい。とりあえず、来て早々悪いが、本題に入るとしよう」

「空夜《くうや》さんから話は聞いているんですよね？」

「うむ。それで、お主を襲った襲撃者に関しても、予想がついた」

「そ、それは一体……」

「恐らくじゃが……『世界の間』を漂う者じゃろうな」

「『世界の間』……？」

聞き馴染《なじ》みのない言葉に、俺はただ首を傾げる。

「そうじゃ。まず、この『世界の間』を説明するためには、『世界』というものを知っておく必要がある」

霊冥様はそこまで言うと、一呼吸置いた。

「お主の住む地球や、この冥界は、一つの空間という器に閉じ込められた世界なんじゃ」

「え？」

「説明が難しいのじゃが……お主の暮らす現世の世界には、星があり、銀河があり、宇宙がある。そうじゃろう？」

「は、はい」

「そのすべてが詰まった空間の箱こそが『世界』なんじゃ」

「はぁ……」

いまいち理解できず、首を傾げる俺に対して、霊冥様は一瞬目に妖力を宿すと、俺を見つめた。

「ふむ……今、優夜《ゆうや》の記憶や知識を読み取った。そこから、このイメージに近しいもので説明するとすれば、シャボン玉の中に、お主の暮らす宇宙が内包されておる、と言えばよいかのう？」

「な、なるほど……」

規模が大きすぎてまだ完璧に理解はできていないが、何となく分かった。

俺たちの暮らす世界はシャボン玉のようなもので包まれている、ということだろう。

「そして、そのシャボン玉のような世界が無数に存在する空間こそが、『世界の間』なんじゃ」

「……」

本当に規模が大きすぎて、俺は唖然《あぜん》とするしかなかった。

つまり、俺たちの暮らす世界のシャボン玉と別のシャボン玉は、もしかしたら並行世界というやつなのだろうか。

混乱している俺に対し、霊冥様は申し訳なさそうな表情を浮かべる。

「もっと詳しい説明をしてやりたいが、時間がない。ひとまず『世界の間』を理解したという体《てい》で進めるぞ」

「は、はい」

「その『世界の間』には、それぞれの世界に存在できなかったり、それぞれの世界から拒絶された者たちが存在しておるんじゃ」

「拒絶？　そもそも、世界に存在できないってどういうことですか？」

「簡単に言うと、その個体の存在規模が大きすぎて、世界の方が耐えられんのじゃ。先ほど世界をシャボン玉に例えたじゃろう？　存在規模が大きい者がその中に入ってしまうと、そのシャボン玉は割れ、世界は滅びてしまう。故に、世界は自衛のため、そういった存在規模が大きすぎる者たちを弾《はじ》き飛《と》ばすのじゃ」

「……その、弾き飛ばした先が、『世界の間』で、周囲には他の世界も漂っているんですよね？　その世界が攻撃されちゃったりしないんですか？」

「さあのぅ……我もその『世界の間』に足を踏み入れたことがない故、詳しいことは何も分からんのじゃ」

それもそうか。霊冥様はこの冥界の主《あるじ》として君臨しているわけで、『世界の間』に向かう余裕もないだろう。

「じゃが、お主が襲撃を受けたということは、『世界の間』にいる連中が、そこに漂う世界の内側に干渉する力を持っているとみえる。逆に言うと、外から簡単に世界を壊せるのであれば、最初からそうしておるはずじゃ。恐らく、その一瞬の干渉で、内側を侵食し、外から干渉できるようにしておるのではないかと我は思うておる」

「なるほど……ですが、そんな場所に敵がいるのであれば、こちらはどうすればいいんでしょうか？」

敵が『世界の間』なんていう訳の分からない場所にいるのであれば、俺ができることは何もない。

霊冥様の予想だと、敵は一瞬だけしか干渉できないって話だが、それだけでも色々なことができるからこそ、並行世界の『俺』は負けて、その世界は奪われてしまったわけだ。

ただ、黙って待ち続けるなんてことはできない。

すると、霊冥様が険しい表情を浮かべながら、口を開いた。

「……『世界の間』に向かう方法はある」

「え⁉」

予想もしていなかった言葉に俺が驚いていると、霊冥様は続けた。

「我の力を使えば、お主たちを『世界の間』に送ってやることはできる」

「それじゃあ！」

「じゃが！　帰ってこられるかは不明なのじゃ」

「え……」

霊冥様の言葉に、俺は息をのんだ。

「そ、それはどういう……」

「言った通り、『世界の間』にそなたたちを送ることはできるが、向こうから帰って来るのにも我の力が必要なのじゃ。じゃが、知っての通り、我は冥界の主である以上、この場から動くことができん」

「……」

「それに、『世界の間』がどんな場所なのか、我にも未知数なのじゃ。世界から弾かれるほどの存在規模を持つ連中が、どんな力を使うのか……我には分からん」

帰る手段も分からず、相手の力も未知数。

普通であれば、そんな相手に無謀に挑むことはしないだろう。

でも、俺の脳裏には、消えていくもう一人の『俺』の姿が浮かんでいた。

『大丈夫……俺は、俺より強いから……俺は皆を、護《まも》ってね――』

『俺』に、そう託されたのだ。

だから――。

「霊冥様。お願いします。俺を……『世界の間』に送ってください」

「……本当に良いのか？」

「はい」

俺が力強く頷《うなず》くと、不意に俺の右手に温かな感触が広がった。

その感触に視線を向けると、冥子《メイコ》が俺の手を握ってくれていた。

「並行世界や『世界の間』についての話は初耳でしたが……私も一緒に向かいます」

「え、で、でも……」

「私はご主人様に救われました。それに……今の私は、ご主人様と一心同体です」

「冥子……」

『忘れてもらっちゃ困るが、オレもいるんだからな？』

すると、最近は大人しいクロが、不意に声をかけてきた。

そうだ……クロも一緒にいるんだ。

一人じゃないことが分かっただけで、俺の心はふっと軽くなった。

そんな俺たちのやり取りを見ていた霊冥様は、ため息を吐《つ》く。

「……覚悟は決まったようじゃの。恐らく、今回は『世界の間』に存在していた次元を隔てる境界線が消えたんじゃろうが……これを修復できるやつはおるのかのぉ……」

どこか悪態を吐きつつも、霊冥様は勢いよく手を打ち鳴らした。

その瞬間、霊冥様の両手から、妖力と霊力の波動が一気に広がる。

「もう一度言うぞ！　向こうに送ったら最後、この世界に戻って来られるか分からんぞ！」

「――――お願いします！」

俺は今まで、色々な人に助けられてきたんだ。

だからこそ、世界の危機なら……皆を護るためにも、戦いたい。

俺の言葉を聞いた霊冥様は頷くと、凄《すさ》まじい力の宿った両手を地面についた。

その瞬間、妖力と霊力の波動が絡《から》まり合いながら俺と冥子の体を包み込み――――俺たちは『世界の間』へと送り込まれるのだった。

第四章　ステラ

《『乱閃脚《らんせんきゃく》』ッ！》

トーンとセラスの意識を逸《そ》らし、何とかイリスを逃がすことに成功したウサギは、その脚からいくつもの斬撃を放つ。

その一つ一つが大地を抉《えぐ》り、周囲の地形を変形させるほどの威力を誇っていたが、トーンたちは冷静だった。

「『乱音《らんおん》』」

トーンは竪琴《たてごと》を鳴らすと、音の衝撃を無数に放ち、ウサギの攻撃をすべて相殺《そうさい》してしまう。

だが、ウサギもそのことは想定済みだった。

《オーディスッ！》

「『聖魔光線《せいまこうせん》』！」

ウサギの攻撃の裏で準備していたオーディスは、白と黒の魔力の光線を放つ。

その光線は螺旋《らせん》を描きながら絡み合い、凄まじい速度でトーンを襲った。

「『角突《かくとつ》』!」

すると、トーンと光線の間にセラスが割り込み、そのまま光線に自身の角をぶつけた。

光線と角が衝突した瞬間、凄まじい衝撃が周囲に広がる。

だが、セラスは無傷で耐え切った。

「小賢《こざか》しい真似《まね》をするじゃねぇか。だが、テメェらは立ってるのもやっとだろ?」

《……》

セラスの言う通り、ウサギたちはすでに満身創痍《そうい》だった。

それだけ『神力』を手に入れた『聖《せい》』たちは強大だったのだ。

「はぁ……テメェらが無駄な足掻《あが》きをしたせいで、俺たちがシュウに怒られるじゃねぇか」

「まったくです。レオも殺され、イリスにも逃げられたとは……面倒ですねぇ」

「……フン。神の力だか何だか知らないが、貴様らが所詮その程度だということだろう」

オーディスは挑発するように強気に笑った。

しかし、トーンたちはその挑発には乗らなかった。

「確かに、そうかもしれませんねぇ。我々もまだ、この力には慣れていないので……だからこそ、ちょうどいいのです」

《何？》

次の瞬間、トーンは邪悪な笑みを浮かべた。

「だってそうでしょう？　今目の前に、ちょうどいい練習台がいるじゃありませんか……！　貴方《あなた》方を使って、より『神力』の練度を上げればいいんですよ！」

《何だと？》

妙なことを告げるトーンに、ウサギは顔を顰《しか》めた。

だが……。

「——話は終わりです。『神音《しんおん》』！」

《ッ！　『二聖衝《にせいしょう》』ッ！》

トーンが再び竪琴を鳴らすと、今までとは比べ物にならない、強烈な音波がウサギたちに襲い掛かった。

その攻撃を前に、避けることは不可能だと判断したウサギは、耳と脚を使って同じく巨大な衝撃波を放つ。

衝撃波はトーンの音波とぶつかり合うも、トーンとセラスの『神力』のせいで『神威《かむい》』を呑《の》み込まれたウサギの攻撃は、簡単に押し返されていく。

「『聖魔砲《せいまほう》』ッ！」

すぐにオーディスも『聖』の力と魔力の砲撃をトーンの『神音』目掛けて放ち、ウサギの攻撃と合わせて食い止めようとするが、それは叶《かな》わなかった。

「おいおい……俺がいることを忘れてねぇだろうな⁉『神角《しんかく》』ッ！」

セラスの角が虹色のオーラに覆われ、それらが共鳴し合うと、角の間から虹のオーラの砲撃が射出された。

その砲撃はすぐさまトーンの『神音』と合流し、膨大な力の奔流となってウサギとオーディスの攻撃を呑み込む。

「なっ⁉」

《ッ！》

二人は避けようとするも、満身創痍の状態で連続して大技を放ったことによる反動で、その場から動くことができなかった。

そして――――。

《ク……ソ……》

咄嗟《とっさ》に魔力と『聖』の力、そして生存本能からか、わずかに発動することのできた『神威』を纏《まと》うことで、ウサギたちはその場に生き残った。

しかし、そこまでだった。

わずかに動くための体力すらなくなり、ウサギとオーディスはその場に倒れ込む。

そんな二人を前に、トーンはため息を吐いた。

「ふぅ……しぶとい二人でしたね。それよりも、セラス。貴方のせいで殺すところだったじゃないですか」

「ああ？　殺せばいいだろ？　こっちはレオがやられてるんだぞ？」

「それは分かってます。ですが、この二人は二人で、使い道があるのですよ」

トーンはそう口にしながら竪琴を鳴らすと、『神力』と魔力の波動によって、倒れていたウサギとオーディスの体を浮かび上がらせた。

そしてそのままふたりを空中に磔《はりつけ》にするように固定する。

「一種の見せしめです。人間どもの中には、まだ我らの崇高な理念を理解できない者たちがいるでしょう？　そして、我々に逆らおうとする……だからこそ、かつて人類の希望であった『聖』でさえ、逆らえばこうなると示すのですよ」

「なるほどな」

「それに……この二人を磔にしておけば、再びイリスが戻って来るかもしれませんよ？」

そう語るトーンは、イリスが絶望する姿を想像し、笑みを浮かべた。

だが、セラスは首を捻《ひね》る。

「戻って来るか？　アイツも力の差が分からねぇ馬鹿じゃねぇだろ？」

「戻って来ますとも。何なら、人類の反対勢力や、我々の考えを理解できぬ『聖』たちと手を組むやもしれません。ですが、それはそれでよいのです。イリスが仲間を集め、再び我々の前に現れてくれれば、それだけで反対勢力を一気に潰せますからねぇ……」

トーンはそう嗤《わら》うと、磔にしたウサギたちを連れて、シュウの元に向かうのだった。

＊＊＊

冥界に向かう優夜《ゆうや》を見送った後。

分身である空夜《くうや》たちは、地球の家で、静かに目を開いた。

「……無事、優夜たちは『世界の間』に向かったようじゃな」

『フン。我が行けばその侵略者など、一瞬で蹴散らせるというのに……冥界を経由する必要があるなど、つまらんな』

「わふ……」

今回、留守を任されたオーマは、どこか拗《す》ねた様子でそう告げた。

同じくナイトも、優夜と一緒に行動ができないことに寂しさを感じている。

「まったくもう！　冥界に行けるなんて、さすがユウヤ様！　って言いたいところだけど、ついて行けないのは悔しいわ！」

「それはそうだが、ついて行ってどうするんだ？」

「ユウヤ様の隣にいるのよ」

「はぁ……」

「ちょっと、何でため息吐《つ》くわけ⁉」

優夜が冥界に行った本当の理由を知らないレクシアたちは、ただついて行くことができなかったことに騒いでいた。

「ルナだってユウヤ様と一緒にいたいんじゃないの⁉」

「そ、それはまあ……」

「ユティもでしょ⁉」

「肯定。食事、困った……」

「心配するところそこか⁉」

ユティがどこかズレた心配をしている中、レクシアの言葉は続く。

「無理だと分かっていても、やっぱり寂しいから傍《そば》でユウヤ様をお手伝いしたかったわ！　二人もそう思うわよね⁉」

「ぶひ？」

「ぴ？」

「ええ⁉　二人は寂しくないの？」

唐突にレクシアにそう振られたアカツキとシエルだったが、特に寂しいとは思っていないのか、首を傾《かし》げるだけだった。

どこかのんびりとした空気が流れ、その様子を微笑《ほほえ》ましそうに見つめていた空夜は、突如家の中で妙な気配を感じた。

「む？　何じゃ？」

「クウヤ様？」

突然、警戒した様子を見せる空夜に対して、レクシアは首を傾げる。

すると、空夜と同じくオーマとナイトも家の中で妙な気配を感じ取った。

『なんだ？　いきなり気配が……』

「グルル……」

「気配って……この家の中にですか？　私たち以外に誰が……」

皆は顔を見合わせると、空夜を先頭に気配がする方に向かっていく。

するとそこは、『異世界への扉』が置かれた物置部屋だった。

「ここから気配がするのじゃ」

「ここって……私たちの世界と繋《つな》がってる扉が置かれた部屋よね？」

『……あまりいい予感がしないな』

「ええ？　創世竜《そうせいりゅう》様がそう感じるんですか⁉」

どこか弱気な発言をするオーマに対し、レクシアは目を見開いた。

『貴様らがどこまで感じ取れているかは知らんが……この部屋には、我でさえ底の見えぬ力の奔流が渦巻いておるのだ。それに、ここに置かれている物が一体何なのかも我には分からぬ』

オーマは一度この物置部屋にて、メルルの母星であるエイメル星の秘密兵器の設計図が隠されていたアイテムを誤って起動させてしまってから、この部屋に近寄るのに慎重になっていた。

何より、迂闊《うかつ》に触れることのできないアイテムばかりなのだ。

「そ、そんな部屋だったなんて……」

「疑問。でも、この部屋で気配が？」

「うむ」

空夜がそう頷《うなず》いた瞬間、部屋の奥の方で微《かす》かな物音がした。

「い、今！」

「……ああ、確実に何かがいる音だな」

まるで何かの蓋を開けようとするような、そんな音が部屋から聞こえてきたのだ。

「しかし、一体誰が……？　外からこの家に入るには、麿《まろ》たちの警戒を潜《くぐ》り抜《ぬ》ける必要がある。かといって、異世界側からは、優夜の許可がなければ扉を通って来ることはできぬはずじゃが……」

「ネズミとか、小動物の仕業って可能性は？」

『それもないな。我やナイトがいる時点で、そのような存在は見過ごさん』

「わん！」

オーマの言葉にナイトは力強く頷いた。

もちろん、虫のような存在であれば、よほど特殊なものでない限り、オーマたちは気にも留めない。

だが、今聞こえた音や、空夜たちが感じ取った気配は、とても虫のような小さな存在から発せられるものではなかった。

何より、聞こえてきたのは何かの蓋を動かすような音であり、虫のような存在にそんなことができるとは思えなかった。

「……入り口で考えていても仕方がない。ひとまず中に入るかのう」

「わ、私たちも行くわ！」

「む？　先ほども言ったが、この部屋では何が起きるか分からん。危険じゃぞ？」

「それは分かってるわ。でも、一度はこの部屋を通ってるわけだし、何より、何が置かれているのか気になるのよ！」

「おい、そんな好奇心で危険な場所に行こうとするな」

「仕方ないでしょ、気になるんだから！　ルナは気にならないの？」

「いや、それは気にはなるが……私はお前の護衛なんだぞ？　そんな危険な場所にわざわざ行かせるなど……」

「ああ、もう！　細かいことはいいの！　とにかく、私も入るからね！」

ルナの小言を遮るようにそう宣言すると、空夜はため息を吐《つ》いた。

「はぁ……好きにするといい。ただし、無暗《むやみ》に物置部屋の物に触れるでないぞ？」

「分かったわ」

空夜が真剣な表情でそう告げたため、レクシアも真面目な表情で頷く。

こうして全員で物置部屋に足を踏み入れると……。

「あまりじっくりこの部屋の中を見たことがなかったけど、本当に色々な物が置かれているのねぇ」

「不明。用途不明なものばかり」

レクシアたちは物珍しそうに物置部屋の品々を眺めていく。

そんな中、空夜とオーマは気配の主を探していた。

「……やはり、妙な気配があるのぅ。しかしまさか……ここまで来ても気配の在り処が分からぬとは……」

『仕方ないだろう。ここには様々な力が渦巻きすぎている。その力同士が邪魔をし合うせいでまともに気配を探ることもできん。むしろ、あの距離で気配がすると分かっただけでも奇跡だろう』

オーマの言う通り、この物置部屋には様々な力が渦巻いていたため、そんな中からピンポイントで気配の源を探すのは非常に困難だった。

「ひとまず、手分けして妙なものがないか探すとするかの。ただし、発見しても決して触れるでないぞ？」

空夜の注意を聞きつつ、皆で物置部屋を物色していった。

レクシアは元々戦闘をするようなタイプではないため、力や気配を感じ取る能力は有していない。

故に、あくまで好奇心のまま、倉庫を見回っていく。

それに対してルナとユティは、戦いに身を置く人間なので、部屋に置かれた品々をじっくり観察しては、そこに込められた力の大きさに冷や汗をかいていた。

「お、驚いたな……魔力などとは違うようだが、注意してみると凄《すさ》まじい力が込められていることが分かる……」

「肯定。この力が解放されたら、この家どころか、この街ごと消し飛ぶと思う」

「この用途不明の木の棒やら人形やらからは、恐ろしい力を感じるな……」

「同意。こっちの鍵も、何に使うか分からないけど、見たこともないほどの力が込められてる」

ユティたちが見ていたものは、一見何の変哲もない品々だったが、そこに込められた力を感じ取ると、やはりいわくつきの品にしか見えなかった。

空夜からも説明を受けていたが、改めて物置部屋に置かれた物の危険さを実感し、より慎重になる。

そんな中、アカツキとシエルは、レクシアのように好奇心の赴くまま、様々な品を見て回っていた。

「ぶひっ！　ぶひぶひ」

ただ、このまま放っておくと勝手に触りだしそうだと思ったナイトによって、二人は回収される。

「ぴっ⁉」

「ふご⁉」

「……わふ」

「ぴぃ！」

強制的に背中と口で二匹を連れ出そうとした……その瞬間だった。

「わふ？」

不意に、ナイトは妙な力の波動と視線を感じた。

「ぶひ？」

「ぴ？」

突然動きを止めたナイトに首を傾げるアカツキとシエル。

ナイトはこの力と視線の持ち主こそが、ここに来る前に感じた気配の主かと思い、すぐさま視線を巡らせた。

すると、壁にかけられた、無数の仮面群が目に入る。

どこかの祭祀《さいし》に使われそうな、不思議な仮面たち。

そんな仮面を、ナイトは警戒しながら見つめた。

そのため、すぐにナイトは仮面から離れようとするも、仮面に興味を抱いたアカツキが、仮面のかかった壁をひっかいた。

すると……。

「わふ⁉」

「ふご⁉」

「ぴぃ⁉」

その僅かな振動で仮面が落下し、まるで吸い付くようにナイトたちの顔に仮面が装着されてしまった。

さらにその瞬間、仮面の目の部分に暗い緑色の光が宿る。

その光は強くなり、やがて部屋中に広がった。

「む⁉　何じゃ⁉」

すぐさま異変を察知した空夜《くうや》たちが駆け付けると、そこには仮面が装着されたナイトたちの姿が。

ナイトたちは慌てて仮面を外そうとするも、まったく外れる気配がない。

「なっ⁉」

「ナイト⁉」

『……何が起きている？』

ナイトの顔には、凶悪な狼《おおかみ》の仮面が。

アカツキには獰猛《どうもう》な猪《いのしし》の仮面、そしてシエルには、冷酷な鳥の仮面が装着されたのだ。

すぐさま空夜とオーマが、ナイトたちから仮面を剝がそうと近づくが――。

「キャン――」

「ぶひぃ――」

「ぴぃい――」

ナイトたち三匹の体を仮面から発せられる暗い緑色の光が包み込み……一瞬にして三匹は消えてしまうのだった。

＊＊＊

「ここが……『世界の間』……」

霊冥《レイメイ》様の力で『世界の間』へと送ってもらった俺と冥子《メイコ》は、目の前に広がる空間に絶句していた。

そこにはまさに、霊冥様から説明を受けていたような、シャボン玉のような見た目をした世界があちこちに漂っていたのだ。

しかも、その世界は俺たちの手のひらサイズで、非常に小さい。

その上、シャボン玉のような見た目をした世界が浮かんでいる以外は、ただただ真っ黒な空間が広がっているだけなのだ。

今こうして立っている感覚はあるものの、この黒い空間では地面が存在するのかどうかさえ分からない。

「このシャボン玉が、本当に一つの世界なんでしょうか？　私たちより小さいなんて……」

「俺たちがデカくなったってわけじゃないよな……？」

どうしてこんなにもサイズ感がおかしいのか理解できなかったが、不意に俺の体内に妙な力が宿った感覚を覚えた。

「な、何だ？　この力は……」

「ご主人様も感じましたか？」

「ってことは、冥子も？」

俺の問いに冥子は頷《うなず》くも、彼女もどこか戸惑いを見せる。

すると、クロが声を上げた。

『いきなりで驚いたが、お前の中から新しい力が湧き上がったようだったぜ』

「つまり、外部から得た力じゃなくて、俺たちの中に元々あった力ってことか？」

『そう言うことだな。あの冥界の主《あるじ》の説明じゃ、この空間は存在規模がでけぇ連中が漂う場所なんだろ？　もしかすると、その存在規模……いうなれば【存在力】とでも言える力が、その連中には備わってるのかもな。それがこの空間に来たことで、お前たちの体内にも湧き上がったって感じじゃねぇか？』

「『存在力』……」

クロの説明がどこまで正しいのかは分からないが、今はその『存在力』とやらが俺たちの体に突如湧き起こった力だと考えよう。

世界の中で生きていた時は気づかない力というか、気にする必要がない力だが、この『世界の間』に来たことで、自覚する必要があったに違いない。

「ご、ご主人様！　アレを見てください！」

俺がそんな考察を続けていると、不意に冥子が声を上げた。

冥子が示す方に視線を向けると、なんとそこには、イソギンチャクのような、奇妙な生物が浮いていたのだ。

「な、何だ？　あれ……」

思わずそう声を漏らしながら、『鑑別』スキルを発動させる。
すると――――。

【漂う者】
レベル：――――、魔力：――――、攻撃力：――――、防御力：――――、俊敏力：――――、知力：――――、
運：――――

そいつの名前以外、何も表示されなかった。

そのことに驚いていると、漂う者という存在は俺たちに気づく。

「キシャアアアアアア！」

そして、耳をつんざくような叫び声を上げると、そのイソギンチャクのような触手を翼のように動かし、一気に加速しながらこちらに飛んできた！

「させません！」

すると、すかさず冥子が俺と漂う者の間に立ち、右手を掲げる。

その瞬間、冥子の右腕から妖力が迸《ほとばし》った。

「『妖玉』！」

「キシャアアア!?」

まともに冥子の攻撃を受けた漂う者は、その胴体部分に穴があく。

しかし、そこからは血も流れなければ、他の体液らしきものも流れ出ない。

ただ、空洞になっているだけだった。

そんな漂う者の体に驚く俺たちだったが、冥子の攻撃はちゃんと効いていたようで、そのままこの『世界の間』に溶けるように消えていく。

「た、倒せたのでしょうか……?」

「分からない……」

『気配察知』のスキルなども発動させているが、そもそも先ほどの漂う者からは気配を察知できなかったこともあり、倒せたかどうかを確認する術《すべ》はなかった。

それにしても……。

「冥子も妖術で戦えるんだね」

ついて来ると言うからには、冥子にも戦うための手段があるのだとは思っていた。

何より、霊冥様も冥子がついてくるのを止めなかったしな。

「そうですね。ご主人様に妖力を受け入れてもらう前は、私は妖力を制御することもできませんでしたが、今は繊細なコントロールも可能になったので。……ただ、私が使える妖術は、ご主人様が覚えた妖術だけになります」

「それってつまり、俺が妖術を覚えれば覚えるほど、冥子も強くなるってこと？」

「はい！」

冥子の妖力を引き受けたことで、まさに冥子とは一心同体になったわけだが、妖術に関しても連動しているとは思わなかった。

そんなことを話しながら、俺は改めて周囲を見渡す。

「さて……いきなり戦闘になったけど、ここのどこかに襲撃者がいるんだよな……」

シャボン玉のような形をした世界が無数に浮かぶ中、それ以外は真っ黒な空間が広がるだけで、ここであの仮面の男を探す方法が思い浮かばなかった。

「この世界がどれだけ広いのか分からないけど、俺たちがヤツらを見つけ出す前に、俺たちの世界に攻撃を仕掛けてくるかも……」

そう思った瞬間だった。

突如、俺の心臓あたりから妖力が迸り、紫色に光り始めた。

「え？」

「ご、ご主人様⁉　大丈夫ですか⁉」

「う、うん。何ともないけど……」

俺が突然のことに困惑していると、俺から溢《あふ》れ出た妖力が、一筋の光となって、とある方向を指し示した。

「こ、これは……」

それと同時に、俺の中に宿る、もう一人の『俺』の妖力が反応したものだと分かった。

「もしかして……『俺』があの謎の男たちがどこにいるのか、教えてくれているのか？」

何にせよ、今の俺たちにはこれ以外に手掛かりもない。

「ひとまず、この光に従って進んでみるか」

「はい！」

こうして俺たちが先に進んでいくと、いきなり漂う者たちが急襲してきた。

「なっ⁉　どこから出てきた⁉」

そいつは一切の予兆を感じさせず、まさに突如現れ、驚く俺たち目掛けて触手を伸ばしてきた。

「キシャアアア！」

「ハアッ！」

俺はすぐに【全剣《ぜんけん》】を取り出すと、それで触手を斬り払う。

妖魔を相手にした時と違い、特に魔力や妖力を使わずともダメージは与えられるようだ。

だが……。

「シャアアアアアアアアア！」

その内の一体の漂う者が、ひと際《きわ》強い咆哮《ほうこう》を放つ。

その次の瞬間、俺たちを取り囲むように、おびただしい数の漂う者がいきなり出現したのだ！

「なっ⁉」

「させません！　『妖玉』！」

冥子もそれに対抗するように無数の妖力の塊を出現させると、近づく漂う者たち目掛けて発射していく。

その一撃一撃で漂う者たちを倒せているものの、敵の数があまりにも膨大で、すべてを対処することは難しかった。

俺も冥子と同じように『妖玉』を発動させ、とにかく近寄ってくる連中を倒していく。

しかし、この漂う者たちには同士討ちという概念がないのか、ただただ一直線に、時には仲間を押しつぶし、俺たちという存在に群がるように殺到してくる。

あまりの数の暴力に、俺たちはどんどん押されていく。

まだ襲撃者たちの元にたどり着いてすらいないというのに……！

力を温存している場合じゃない――。

俺は妖力と魔力以外に、『聖邪開闢《せいじゃかいびゃく》』なども発動させようとした――その瞬間だった。

「にゃあ!」

突如、俺たちと漂う者たちの間を、白い影が通り抜けた。

すると、俺たちに群がっていた漂う者たちが一瞬にして消し飛んだのだ。

「え?」

「い、一体何が……」

突然の事態に呆然《ぼうぜん》とする俺たち。

そんな中、白い影は颯爽《さっそう》と動き続け、次々と漂う者たちの体を斬り裂き、消していく。

俺が異様なその光景をただ眺めることしかできないでいると、ついにはあれだけ殺到していた漂う者たちがすべて消えてしまった。

そして……。

「にゃ」

「ね、猫？」

俺たちの前に、ちょうどナイトくらいの大きさの白い猫が、エジプト座りをしてこちらを見つめていた。

その瞳は黒く輝き、体毛も燐光《りんこう》を発していて、どこか星のような印象を受ける。

まさかの存在に唖然《あぜん》とする俺だったが、すぐに正気に返る。

「え、えっと……君が助けてくれたのか？」

「にゃ」

そう短く鳴くと、白猫は立ち上がり、俺の足元にその身体《からだ》を摺《す》り寄せてくる。

その様子はまるで、こちらに甘えているようだった。

この白猫が、あの漂う者たちを倒してくれたんだと思うが……。

すると、今度は俺に向けて、お腹《なか》を見せてきた。

その瞬間――――。

『**【ディメンション・キャット】のテイムに成功しました**』

「え？」

「にゃ？」

なんと、この白猫をテイムしたというメッセージが出現したのだ。

俺はこの白猫のことは何も知らないし、この子がどうして助けてくれたのかも分からない。

だが、現に俺はこの白猫をテイムできてしまったらしい。

「あ、あの、ご主人様。そちらの猫は……」

「俺たちを助けてくれたみたいだね。それと、たった今、俺にテイムされたようだ……」

「テイムとは？」

「ナイトたちみたいに、家族になった、ってことかな？」

「ええ⁉　い、いきなりですね……」

冥子《メイコ》の言う通り、本当にいきなりだ。

まあそれを言えば、アカツキの時もかなり唐突だったし、オーマさんもカレーを食べただけでテイムされたわけだが……。

そんなことを思いながら白猫……『ディメンション・キャット』のことを見つめる。

俺の視線に対し、白猫はお腹を見せながら、首を傾《かし》げるような仕草をした。か、可愛《かわい》い。

あの殺戮《さつりく》劇を繰り広げた張本人とは思えないほのぼのとした姿に和みつつ、俺はしゃがんで声をかける。

「ねぇ、君。俺たちの仲間になったみたいだけど、よかったのか？」

「にゃ」

白猫は気にした様子もなく、そう頷《うなず》く。

そして再び起き上がると、俺のことを真っすぐ見つめてきた。

その瞳には、何故《なぜ》か長い間想《おも》い続けた存在に向けるような……そんな強い感情が宿っていた。

どうしてこの白猫がここまでの感情を俺に向けてくれるのかは分からない。

でも、こうして俺たちの仲間になったんだ。

俺はそっとその白猫を撫《な》で、抱きかかえる。

すると、猫は特に抵抗する様子もなく大人しく俺の腕の中に収まり、ゴロゴロとのどを鳴らした。

そんな猫の様子を見ながら、俺はふと脳裏に浮かんだ言葉を猫に贈る。

「君の名前は……ステラだ」

まるで星のように輝くその姿を見て、俺はそう名付けた。

俺の言葉を聞いた白猫……改め、ステラは、どこか嬉《うれ》しそうに鳴く。

それと同時にこのステラにも『鑑別』スキルを発動させてみたが、『ディメンション・キャット』という種族名以外は何も分からなかった。

「さて……予想外の襲撃に、ステラという仲間が加わったわけだけど……俺たちは今から、とある敵を倒しに行くんだ。手伝ってくれるかい？」

「にゃ！」

俺の問いに元気よく頷いたステラは、腕の中から飛び降りると、未《いま》だに俺の心臓あたりから伸びている光に従うようにして、率先して進み始めた。

「ステラ様は……どうやらこの『世界の間』で暮らしている生き物みたいですね」

「ああ。てっきり、あの漂う者ばかりが生息している空間なのかと思ったけど、意外とそうでもないのかな」

まああの襲撃者も人型だったわけだし、探せば色々な存在がいるのかもしれない。

こうして先を進んでいくと、不意にステラが立ち止まった。

「フシャアアア！」

「ステラ？」

そして、激しく威嚇するような声を発すると――――。

「――――まさか、逆にこちらに攻め込んでくるとは思いもしませんでしたよ」

どこからともなく、『俺』を殺した仮面の男が、姿を現したのだった。

＊＊＊

優夜《ゆうや》が『世界の間』に向かった頃。

王星《おうせい》学園では、次のイベントなどに向けて、佳織《かおり》が生徒会の仕事をしていた。

休日であるため、部活がなければ学園に行く必要はないのだが、佳織は生徒会の仕事を好きでやっていたため、こうして休日に活動することを苦に感じていなかった。

こうして佳織はいくつかの書類に目を通し、一息つくと、生徒会室の窓を見つめる。

その視線は、何か悩みを抱えているようだった。

「スクールアイドル、ですか……」

実は、オープンキャンパス以降、喜多楽《きたらく》が始めたスクールアイドル計画に関することで佳織は悩んでいたのだ。

「本当に優夜さんも、スクールアイドルを始めるんでしょうか……」

それは、前回喜多楽から聞かされた男性のスクールアイドル計画の話だった。

元々、女性のスクールアイドルだけの計画だと思っていたため、佳織は驚きを隠せなかった。

それに加えて、オープンキャンパスのステージに向けて練習するレクシアたちと、そんな彼女たちをサポートする優夜を見て、佳織は微《かす》かな焦《あせ》りを感じていた。

「私がもっと自由に動くことができれば……私もスクールアイドルとして、優夜さんにお世話してもらえる……」

佳織はそこまで呟《つぶや》くと、顔を赤くし、首を振る。

「い、いえ、別にそれが目的ってわけじゃないですけどっ！」

誰に言い訳をするわけでもないのに、思わずそう佳織は口にした。

「……ですが、羨ましいことに変わりはありませんね……」

最初はスクールアイドル計画を任された優夜のサポートをするだけでも満足だった。

しかし、どんどん優夜と仲を深めていくレクシアたちを見て、焦る気持ちが溢《あふ》れ出していた。

もしも、自分の運動神経がよければ、佳織もスクールアイドルに参加して、優夜ともっと親密になりたいと思ったのだ。

「……考えても仕方ありませんね。私は私で、もっと優夜さんと――」

「――宝城《ほうじょう》君！」

「え？」

するといきなり生徒会室の扉が開かれ、喜多楽が姿を現した。

まさか、喜多楽が自分と同じように休日に仕事をするために生徒会室にやって来るとは思っていなかったため、佳織は目を見開く。

「せ、生徒会長？　どうしてここに？」

「いやぁ、最近は色々計画を動かしていて忙しいだろう？　だからこそ、休日でもできることをしようと思ったんだ。それに、私も家で大人しくしている性分ではないのでね！」

「な、なるほど」

喜多楽の性格を考えれば、それも当然かと佳織は納得した。

しかし、喜多楽が生徒会室を訪れたのには、別の理由があった。

「おっと、実は君を呼びに来たんだ」

「え？」

そこまで口にすると、喜多楽は珍しく戸惑った表情を浮かべる。

「……今校門前に、君を呼んでる人がいるんだよ」

「私を、ですか？」

「ああ。できれば急いで向かった方がいいだろう」

「わ、分かりました」

普段の喜多楽からはあまり想像できない、どこか緊張した様子を見て、佳織は首を傾げつつも校門に向かった。

するとそこには、高級そうな黒塗りの車が何台も停まっていたのだ。

「こ、これはいったい……」

「――カオリ！」

何が起きているのか分からず、茫然《ぼうぜん》としていると、高級車の一台から、一人の青年が姿を現した。

「あ、貴方《あなた》は……」

その青年を見た佳織は目を見開くと同時に、混乱する。

まず、その青年と佳織は確か過去に一度だけ顔を合わせたことはあるが、まったく親しい仲というわけではない。

そして何より……その青年は、こんな場所に気軽に来ていい身分の人間ではなかった。

困惑する佳織をよそに、青年は佳織の前にやって来ると、そのまま跪《ひざまず》く。

「なっ⁉」

そして、佳織の手を取ると、堂々と宣言した。

「カオリ！　俺と——結婚してくれ！」

——優夜がいない間に、佳織の周りでも色々なことが起こり始めるのだった。

第五章　決戦

スタープロダクションの事務所にて。

「急に呼び出されるなんて、一体何の用だろうね？」

「さあ……」

奏《かなで》と美羽《みう》は、社長に呼び出され、社長室を訪れていた。

普段の仕事であれば、それぞれのマネージャーを通して伝えられるため、二人はこうしてわざわざ社長室に呼び出された理由が分かっていなかった。

こうして二人そろって社長室のドアをノックすると、中に通される。

すると、そこには社長と秘書の黒沢《くろさわ》の姿があった。

「待ってたわよ！　さ、そこに座ってちょうだい」

ひとまず社長の様子から、何か悪いことが起きたわけではないと察した二人は、顔を見合わせた後、言われた通りソファーに腰を下ろす。

そして、その対面に社長も座ると、口を開いた。

「さて、突然呼び出して悪かったわね」

「い、いえ、それはいいんですけど……一体、何の用件でしょう？」

美羽がそう訊《き》くと、社長は笑みを浮かべつつ、奏に視線を向けた。

「奏はこの間、楽曲提供の仕事をしたの、覚えているかしら？」

「え？　ああ……あの王星学園のヤツですよね？　確か、スクールアイドルがどうとかの……」

「そうよ。ちょっとそれに関連してね……」

「もしかして、何か問題でもありました？」

途端に不安そうな表情を浮かべる奏に対し、社長は首を振った。

「それは問題ないわ。もう二回目のステージも開催されたそうだけど、そちらも盛況だったそうよ？」

「それならよかったですけど……」

そう答えつつ、どうして呼ばれたのか理由が分からない奏が首を傾《かし》げていると、社長は黒沢に視線を向けた。

すると、黒沢は社長の言葉を引き継ぎ、口を開く。

「実は、その王星学園とこのスタープロダクションが協力して、王星学園に芸能科を新しく設立することになったんです」

「芸能科？　それは……いわゆる専門学校みたいなものでしょうか？」

「そうなりますね」

黒沢の言葉に、美羽と奏は顔を見合わせた。

「へぇ……学園祭に呼ばれた時に、面白そうな学校だなとは思ってましたけど、そんな計画が進んでたんですね。それはやっぱり、スクールアイドルの件が発端だったんですか？」

「ええ。我々は当初そこまで考えてはいなかったのですが、王星学園側は芸能科を設立するところまで考えて動いていたようです」

「な、なるほど……確かにスタープロダクションには養成所とかないですもんね……」

「そうなのよ！　だからこそ、今回の芸能科設立に私たちが協力することで、未来のスターをウチに引き込めるってわけよ」

再び社長が口を開くと、奏は首を傾げた。

「でも、わざわざよそと提携しなくても、普通に養成所を作った方がいいんじゃないですか？」

「それは当然考えたわ。ただ、そうなると養成所の場所も考えなきゃいけないし、必要以上に経費がかさむのよ。でも王星学園《おうせい》の芸能科に協力する形なら、場所とかそういった問題は全部解決できるわ」

そこまで語ったあと、社長は目を光らせる。

「――それに、王星学園にはスターの原石がゴロゴロ転がってるしね」

「そ、それって……優夜《ゆうや》さんのことですか？」

美羽が目を見開きつつそう口にすると、社長は頷《うなず》いた。

「そうよ！　どうやら王星学園のスクールアイドル計画に、優夜君も参加する可能性が高いのよ。そうなると、ここで芸能科を作っておいて、ウチとのパイプを繋《つな》いでおけば、優夜君を引き入れられる可能性もぐんっと上がるわけ！」

「な、なるほど」

「あー、あのオーラがすごかった子だねー。確かにあの子はヤバかったよねぇ」

奏は学園祭のステージで共演した優夜のことを思い出し、笑みを浮かべる。

すると、再び黒沢が口を開いた。

「社長の第一目標は優夜君の確保だそうですが、他のスクールアイドル参加者も負けず劣らずの魅力を兼ね備えてます。他にも、まだスクールアイドル計画に参加していない学生の中にも、そういった原石はたくさんいるはずです。だからこそ、王星学園と協力して今回の計画を進めているわけです」

社長と黒沢の説明により、今どんな計画が進んでいるのかを二人は理解した。

ただ……。

「お話は分かりましたけど……それで、私たちが呼ばれた理由は何でしょうか？」

「それはね……アナタたちにはその芸能科の講師をしてもらいたいのよ」

「「え？」」

予想外の話に、二人は目を見開く。

「芸能科を設立するのはいいけど、教えられる先生って限られるじゃない？　だからこそ、ウチから何人か派遣しようってわけ。そこで二人に協力してもらいたいのよ」

「もちろん、お二人はウチの売れっ子ですから、毎日という形ではなく、特別講師として参加してもらえればと考えてます」

「それで、どうかしら？　興味ない？」

「興味がないわけではないですけど……」

二人があまりにもいきなりすぎる提案に戸惑う中、社長は笑みを浮かべた。

「まあ今すぐに返答しなくてもいいわ。とりあえず、考えてみてちょうだい」

――――こうして、王星学園の芸能科の話も着実に進んでいくのであった。

＊＊＊

――――一方、異世界で……。

紛争の絶えないオルス帝国では、一つの話題が民衆の間で持ち切りだった。

「……なあ、あの話、どう思う？」

「あ？　何だよ、あの話って……」

「ほら、この間、突然上空にシュウ様の映像が流れて、人類の管理を宣言しただろ？」

「ああ、あの話か」

その話題とは、全世界に向け、人類の管理を宣言したシュウのことだった。

あの宣言は各国で話題となり、とある国ではすぐさまシュウを打倒するための討伐隊まで組まれていた。

しかしそんな中、シュウの発言を歓迎する者たちも現れていたのだ。

「当然、俺は賛成だ。こんなクソったれな国のせいで犬死にするくらいなら、管理されてでも平和な方がマシだ」

「そうだよな……毎日毎日戦争で、そのせいで俺たちは食うのも大変だってのに、国のお偉いさんたちときたら、重税を課して、贅沢三昧《ぜいたくざんまい》だ。ふざけやがって……」

「一体、どれだけの人間が死ねば気が済むってんだ……」

オルス帝国の国民は、度重なる重税により、疲弊しきっていた。

その上、働き手となる男性の多くは徴兵され、戦争に明け暮れる毎日。

だからこそ、これまでに幾度か国民が決起して国家に対して反乱を起こそうとしたが、それらはすべて軍部によって制圧され、その上国民は国外に逃亡することすら許されなかった。

もはや、このまま国の駒として捨てられるだけ……国民の誰もがそう思っていたのだ。

そんなある日、オルス帝国の帝王であるオロン三世は、定例会を開き、豪華な食事をしながら戦況報告などを聞いていた。

すると……。

「――――実に愚かだな」

「だ、誰だ⁉」

突如、定例会の会場に、一人の男——シュウが現れたのだ。

その場にいたオロンや他の貴族たちだけでなく、警護を担当していた兵士たちですら気づかぬ中、シュウは堂々とオロンたちの前に姿を見せた。

すぐさま警護の兵が集まり、シュウに剣を向ける中、オロンはシュウを見て目を見開く。

「き、貴様は……あのおかしなことを宣言していた男か⁉」

「おかしなとは失礼な。我らの崇高な考えを理解できない愚か者が」

「何だと⁉」

シュウの言葉にオロンは声を荒らげるが、シュウは冷たい視線を向けたまま、淡々と言葉を続けた。

「事実だろう？　多くの民が疲弊している中、意味のない戦争を続け、甘い蜜を吸い続ける貴様らは、害虫でしかない」

「ハッ！　それが何だと言うのだ？　我は帝王だ。愚民どもは我ら特権階級のために働くのが当然であろう⁉　それに、この戦争に勝てば、領土が増え、さらに敵国から金もむしり取ることができる……いわば、今はそのための準備期間でしかないのだよ。そんなことも分からんとはな……」

呆《あき》れたようにそう告げるオロン。

しかし、実際は領土が増えたところでそれを管理するための新たな負担など、まともに考えられていなかった。

その上、敵国から賠償請求をできるといっても、そもそも戦争に勝てるかどうかも不透明だった。

そして何より、オロンたちの本音として、この戦争状態が続く限り重税を課しても問題ないと考え、それらを使って贅沢三昧できるということが大切だった。

そんな心の奥底を見透かしつつも、シュウは訊《たず》ねる。

「……貴様が何を考えていようが、俺には関係ない。ただ、俺がこの場に来た理由はただ一つ。貴様らも見たであろう、あの宣言の返答を聞きに来た」

「何？」

「我々は人類を管理する。その考えに賛同できるかどうかだ」

シュウがそう口にすると、オロンは嘲笑《あざわら》う。

「賛同するかだと!?　馬鹿を言え！　貴様の考えに、賛同できるわけがないだろう!?」

「そうだそうだ！」

『聖《せい》』だか何だか知らないが、所詮は平民でしかない貴様ごときが、我ら特権階級を管理しようなど、片腹痛いわ！」

オロンの言葉に賛同するように、周囲にいた貴族たちも口々にシュウを罵倒した。

「……つまり、我らの管理を拒絶すると？」

そんな中でも、シュウは冷静にそう訊《き》いた。

だが、そんな質問に対し、やはりオロンたちは嘲笑うだけだった。

「そうだと言っているだろう！　それとも何か？　力ずくで言うことを聞かせようとでも？　馬鹿め！　生憎《あいにく》だが、ここには我が国の精鋭が集っている！　どうやってかは知らんが、貴様は、そんな場所に一人で乗り込んできたのだ！」

オロンがそう叫ぶと、定例会の部屋に、次々と兵士たちが現れ、一斉に剣をシュウへ向けた。

シュウはそんな兵士たちを見つめた後、静かに訊く。

「貴様らも、この愚か者と同じ考えか？　国民が疲弊している中、そんな連中に仕える意味があるとでも？」

「ハッ！　お前が何者かは知らねぇが、俺たちはいい思いさせてもらってんだ。それの邪魔をするってんなら、容赦しねぇよ」

軍部の人間には確かに徴兵された者たちが数多く存在していたが、その上層部は貴族出身の者が多く、そんな彼らは平民の兵士たちと待遇に大きな差があった。

さらに、オルス帝国の貴族出身であるがゆえに一般国民への関心が薄く、現在の状況を自分たちにとっていい環境であると歓迎していた。

「てなわけで、大人しく――――」

シュウに近づいた兵士の言葉は、そこで途切れた。

何故《なぜ》なら、その兵士の首が……一瞬にして斬り飛ばされたからだ。

「なっ⁉」

それは瞬《また》く間《ま》の出来事であり、何が起きたのか、オロンたちには理解できていなかった。

そんな中、首を斬り飛ばしたシュウは、静かに口を開く。

「なるほど、貴様らの考えはよく分かった。ならば……貴様らは不要だ」

――――そこからは、一方的な殺戮《さつりく》だった。

シュウが一歩踏み出すたびに、そこにいた者たちの首が次々と飛んでいくのだ。

あまりにも悲惨な光景に、精鋭である兵士たちでさえ逃げ出そうとするが、誰もシュウの手から逃れることはできない。

ただ淡々とそこにいた者たちの首が飛ばされていく中で、ついに残ったのはオロン一人だけとなってしまった。

「き、きき、貴様……この、この我を誰だと……！」

その場に尻もちをつき、震えるオロン。

シュウはそんなオロンを冷たく見下ろした。

「貴様が誰かなど、関係ない。我ら神の前では――ただの塵芥《ちりあくた》だ」

――そして、オロンの首は、あっけなく斬り飛ばされた。

こうして一瞬にしてオルス帝国の特権階級は、滅び去った。

さらにシュウは、オロンの首を掲げると、『神力』を使ってオルス帝国中に自身の映像を映し出し、宣言した。

「オルス帝国国民諸君、今ここに、悪《あ》しき者たちは消え去った！」

それは、長年虐《しいた》げられてきた国民にとって、信じられない光景だった。

暴虐の限りを尽くし、国民を疲弊させてきた者たちが、あっけなく殺され、晒《さら》されているのである。

現実味のない光景に唖然《あぜん》としていた国民だったが、次第に状況を理解し始める。

「やった……やったぞ……！」

「あの帝王が死にやがった！」

「俺たちは、自由なのか⁉」

熱狂の渦が、オルス帝国を支配する。

そして――――。

「これが……これがシュウ様の力か……！」

「ああ、シュウ様……シュウ様！」

「シュウ様万歳！　シュウ様ばんざあああああい！」

帝国中で巻き起こる、シュウを称《たた》える声。


「ああ、感じる……感じるぞ……」

シュウは両手を広げ、己に向けられている声に身を委ねる。

やがて熱狂は信仰へと変わり、国民の声は『神力』となって、シュウの体へ流れ込んでいった。

「さあ……我らにもっと信仰を捧《ささ》げよ！」

――こうして、シュウは着実に神への道を歩み始めていくのだった。

＊＊＊

仮面の男は、俺たちの姿を見て目を細めつつ、ステラに視線を向ける。

「……妙ですね。この世界の生き物が貴方《あなた》の味方をするとは……」

「……お前らは一体何者なんだ」

俺と冥子《メイコ》もそれぞれ警戒態勢をとる。

すると――。

「――どうした、ベーダ」

「「!?」」

「イン様……」

仮面の男――ベーダに続き、禿頭《とくとう》の筋骨隆々とした男が、突如姿を現した。

見た目こそ人間のような恰好《かっこう》だが……対峙《たいじ》して分かった。

この禿頭の男――インは、普通じゃない。

現れるまで気配すらなかったというのに、このインと呼ばれた男がこの場に出現した瞬間、この『世界の間』が軋《きし》み上げるような、そんな強い圧力を感じたのだ。

コイツが、『俺』の言っていた敵か……。

警戒心を最大限に上げて、インと呼ばれた男に【全剣《ぜんけん》】を向ける俺。

すると、インは俺たちを見て、微《かす》かに目を見開いた。

「ほう？　貴様らからこちらにやって来るとはな……それに、その姿……貴様らも相当な『存在力』を誇ると見える」

「どういう意味だ」

俺がそう訊くと、インは眉を顰《ひそ》めた。

「貴様ら、この場所が何かも分からずに足を踏み入れたのか？　愚かな……まあよい。貴様らの世界を征服しやすくなるに越したことはないからな」

「何？」

「――ここは『世界の間』。その存在規模が大きいあまり、世界から存在を否定された者たちがたどり着く世界だ。それゆえに一定の『存在力』を持たぬ者は、この空間で自身を保つことができない。そしてその『存在力』の大きさこそが、この空間での強さに直結する……つまり、貴様らはすでに、世界すら掌握できる『存在力』を誇っているというわけだ」

クロが予想していたことが、まさにその通りだった。

すると、インは不快そうに顔を歪《ゆが》める。

「……許せぬな。それほどまでの存在力を持ちながら、貴様らはどうして未《いま》だに世界に受け入れられているのか……不愉快だ」

「なっ⁉」

その瞬間、周囲に浮かんでいたシャボン玉世界のほとんどが割れ、消えてしまった！

「世界が！」

「世界？　ああ、あの浮いていたヤツか。あれらは最初から我が生み出した紛《まが》い物《もの》の世界よ」

「何？」

「もはやこの『世界の間』に残っているのは、貴様の世界のみ。他はすべて、我が支配し、吸収したのだ。そうするとあまりにもこの空間が殺風景だったのでな。戯《たわむ》れに紛い物を作って浮かべておいたのよ」

まるで部屋の模様替えをした程度の感覚でそう話すイン。

だが、その過程で多くの世界が取り込まれ、消えていったのだ。

『俺』の住んでいた世界も……。

「何故こんなことをするんだ！」

耐え切れずに俺がそう叫ぶと、インは鋭い視線を向けてくる。

「何故、だと？　世界に受け入れられている貴様らに、我らの気持ちが分かるのか？」

「！」

「ただ生きているだけで、世界から拒絶された者たちの気持ちが、貴様に分かるとでも？　分かるまいよ。世界の恩寵《おんちょう》を受ける貴様らにはな。時という概念すら存在しないこの地で、『世界』という存在に焦がれる我らの気持ちは……！」

あらゆる憎しみを籠《こ》めるようにそう叫ぶイン。

すると、インは不意に笑った。

「だからこそ、我は考えた。ないのであれば、創ればよいと。だが、世界を創るには、膨大なエネルギーが必要だ。それに、我が創りたいのは、我らが住むことのできる世界……生半可なエネルギーでは創り出せない。だからこそ、使うことにしたのだ。貴様らの世界のエネルギーをな」

「何だと⁉」

「何が問題なのだ？　貴様らはただ世界のエネルギーを消費し、何にも還元していない。

一つの世界の資源がなくなるまでひたすら愚かに食い尽くしていくだけ。ただ世界の恩寵に縋《すが》るのみで、何の生産性もないではないか。故に、我がそれらを利用し、我らが暮らせる、理想の世界を創るのだよ」

それはどこまでも狂気的な発言だった。

俺たちがどれだけ訴えても、この男は止まらないだろう。

そして、インは再び鋭い視線を俺たちに向ける。

「……さて、話は終わりだ。ここで貴様を倒し、我らの駒とすることで、貴様の世界もすぐに征服してやろう」

「そんなことはさせない……！」

俺は『聖邪開闢《せいじゃかいびゃく》』と『魔装《まそう》』を展開すると、一瞬にしてインとの距離を詰めた。

「ほう？　そんな力もあるのか……！」

「何⁉」

だが、俺の攻撃が届く前にインはこの空間に溶けるように消えてしまう。

それと同時に、ベーダが俺たちの前に立ちはだかった。

「我が主《あるじ》に、貴方を捧げましょう」

「させません！　『妖鎖《ようさ》』！」

冥子が両手から妖力の鎖を放出すると、それらは瞬時にベーダの手足に絡《から》みつく。

「なるほど、これはあの駒も使っていた力ですか。だが……」

ベーダは軽く手足を動かすだけで、妖力の鎖を断ち切ってしまった。

「あの駒ほどの練度はないようですね。実に脆《もろ》い……」

「にゃあああああああああ！」

「むっ⁉」

すると、ステラはインと同じように空間に消えたかと思うと、いきなりベーダの近くに現れ、そのままベーダの体を爪で薙《な》いだ。

ベーダはその攻撃を避けることができず、腕で防御態勢をとるが、その腕は大きく斬り裂かれる。

「くっ……我らと同じ『拒絶されし者』でありながら、何故《なぜ》そいつらの味方を……！」

「フシャアアアアア！」

ベーダがそう叫ぶも、ステラは気にした様子を見せずに攻撃を続けた。

「――我を忘れてもらっては困るな」

「ステラッ！」

しかし、消えていたインがベータを庇《かば》うように現れると、ステラの前脚を掴《つか》んで止めてしまった。

「我らと同じ存在でありながら、我が悲願に賛同できんとはな……」

「その手を放せッ！」

俺は今度こそ逃げられないように『神威《かむい》』を発動させ、インの目の前に瞬間移動する。

それを見て、インは目を見開いた。

「何っ⁉」

「はあああああああっ！」

「イン様！」

そして【全剣】を使ってインの体を斬り裂いた。

その拍子に、インはステラの前脚を放す。

胴体を大きく斬り裂かれたイン。

だが、あの漂う者たちと同じで、その身体《からだ》からは何の体液も流れ出ていなかった。

それでも、今の一撃はかなりダメージを与えられたはず……。

「ニャ⁉」

そう、思ったのだが……。

「くく……ははははは！」

なんと、斬り裂かれたインの体が、何事もなかったかのようにくっつき始めたのだ。

俺がその異様な光景に言葉を失っていると、インは獰猛《どうもう》な笑みを浮かべる。

「なるほど、この地に足を踏み入れるだけの力はあるようだ。だがな……その程度では我に勝てんッ！」

次の瞬間、インの体から凄《すさ》まじい力の波動が放たれる。

それは、俺の知るどの力とも違うものだった。

「貴様がどのような力を持とうが、数多《あまた》の世界を吸収してきた我の『存在力』の前には無意味！」

インはそう叫びながら上空に浮かぶと、右手を天に掲げ、振り下ろした。

「────潰れよ」

「ぐうううううううう!?」

俺の体に、凄まじい圧力が圧《お》し掛かる。

体中が悲鳴を上げ、激痛が俺を襲った。

何とか『神威』などを利用してこの圧力から逃れようとするが、『神威』が上手《うま》く働かず、逃げることができない。

「ご主人様！」

「――貴女《あなた》の相手は私です」

すぐに冥子《メイコ》が助けようと動くものの、それはベーダによって阻害される。

「イン様ほどではないですが、私の『存在力』も中々ですよ？」

「邪魔をしないでください！」

「にゃあああっ！」

冥子とステラがベーダに襲い掛かるも、ベーダが放つ目に見えない圧力によって、苦戦を強《し》いられていた。

これが……『存在力』ってヤツなのか……！

『おい！　お前もこの力を持ってるなら、使えねぇのか？』

俺の中のクロがそう訴えてくるが、この力をどうやって使えばいいのか、俺には全く分からなかった。

そんな俺に対し、インは悠然と近づいてくる。

「いきなりこの地に足を踏み入れた者が、すぐに『存在力』を発動できるはずがない。諦めるんだな」

「ぐっ……くっ……！」

あり得ないほどのインの圧力に、そのまま地にねじ伏せられる俺。

だが……こんなところで諦めるわけにはいかなかった。

『聖邪開闢』、『魔装』、『神威』、そして……妖力。

俺は俺の持つすべての技術を駆使して、全力で体を強化した。

すると、俺の体を様々な色のオーラが包み込んでいく。

インの圧力に負けないよう、俺は【全剣《ぜんけん》】を支えにしながら、何とか起き上がった。

「俺はここで……倒れるわけにはいかないんだ……！」

そして、襲い来る見えない圧力を前に、極限の集中力を発揮しながら、俺はインに『無為の一撃』を放った。

その一撃は、この見えない圧力すらも斬り裂き、そのままインへと迫る。

「何っ⁉」

インは向かってくる俺に対し、波のような圧力を一瞬緩めると、今度は無数の弾丸のよう形に変え、再び『存在力』を放出した。

それでも俺は、すべての力を振り絞り、迫りくる『存在力』を切り捨てていく。

ただがむしゃらに攻撃を捌《さば》き続け、俺はついにインの元にたどり着いた。

「うおおおおおおおおっ！」

「くっ！　『存在力』で逃げ――――何⁉」

インは再びこの空間に溶けるように消えようとしたが、何故か上手くいかず、消えることができなかった。

「馬鹿な！　コイツの『存在力』に我の『存在力』が呑《の》み込まれているだと⁉」

どうやら、俺の『存在力』が影響して、インは逃げることができないようだ。

まさに、インを倒すための絶好の機会。

俺は全身全霊をかけた、最高の一撃を放った。

だが……。

「舐《な》めるなあああああああああ！」

「かはっ⁉」

俺の頭上から、今までとは比較にならない、あり得ないほどの圧力が俺に圧し掛かる。

そして、俺の攻撃は虚《むな》しくも失敗し、再びねじ伏せられた。

もう一度抗《あらが》おうとするが、今度はピクリとも動かない。

「無駄だ。この圧力には、我が吸収してきた世界の『存在力』すべてをつぎ込んでいる。今お前に圧し掛かっているのは、遍《あまね》く世界のすべてなのだ！」

文字通り、世界そのもので押さえつけられているような感覚に、俺は身動き一つとれない。

すると、インは俺の元に近づき、『存在力』の方向性を変えたのか、圧力をかけた状態で俺を空中に浮かべた。

「……やはりあの駒と同様に、貴様は妙な力を持っているようだ。だが、それもここまで──！」

「が────」

「ご主人様あああああああ！」

冥子がそう叫んだ瞬間には、インの腕が、俺の胸を貫いていた。

そして、インは俺の心臓に手を触れる。

「ここに我の『存在力』を流し込めば、貴様は我の駒となる。さあ、我に降《くだ》れッ！」

「があああああああああああああああああ！」

今までとは比べ物にならない激痛が、俺を襲った。

それはまるで、俺という存在を根本から作り変えてしまうような……そんな恐ろしさを感じさせるものだった。

それと同時に、インの『存在力』が俺へと流れ込み、侵食されていくのを感じた。

俺は……このままインの駒になってしまうのだろうか……。

抗おうにも、俺の体は動かない。

それどころか、インの『存在力』が流れ込むごとに、抵抗する気力さえ消えていく。

ああ……この心地よさに、身を委ねて――――。

『――――俺は皆を、護《まも》ってね――――』

「！」

俺は目を見開いた。

今、何を考えていた？

このまま、インの駒になることを受け入れようとしていたのか――――。

そんなこと、許せるはずがない。

それは『俺』の思いも、そして俺自身の思いも無視する行為だ。

だから――――！

俺は、自分の胸を貫くインの手を、強く握った。

「なっ⁉ な、何故《なぜ》動ける⁉」

「放せえええええええ！」

その瞬間、俺の心臓部分から、プリズムのような、白色の輝きが広がった。

「ぐあっ⁉ ば、バカな⁉」

白色のオーラは、俺の心臓を摑むインの手を焼いていく。

あまりの激痛に耐え切れなかったインは、俺の心臓から手を放すと、慌てて手を引き抜いた。

それと同時に、俺の抉《えぐ》られた胸の傷は癒え、一瞬にして塞がる。

「こ、これは……」

「その力は……霊力だと⁉ だが、我の知る霊力とは違う……！」

この力が、霊力……？

だが、霊力は死んだ人間にしか身に付けることができない力のはずだ。

確かに今、俺はインの攻撃で死にかけた。

しかし、死んだわけではない。

だからこそ、俺が霊力を発動することができるのはおかしいのだが……。

そこまで考えた瞬間、俺は『俺』の力が自分の体に入って来た時のことを思い出した。

もしかして……あの時に託されていたのは、妖力だけじゃなく、霊力もだったのか……！

「くっ……別の力が覚醒したから何だと言うのだ……！　我には無数の世界から吸収した力がある！」

「ぐっ！」

その瞬間、再び俺の体に凄まじい『存在力』が叩《たた》きつけられた。

だが……。

「は⁉」

俺の心臓が激しく脈打つと、霊力を象徴する白色のオーラだけでなく、俺の持つすべての力が心臓のあたりから同時に力強く放たれた。

それらの様々なオーラは混ざり合うと、俺に向けられたインの『存在力』を受け止める。

そして、俺のオーラに触れたインの『存在力』は、そのまま俺の中へと吸収されていったのだ。

「な、何だと⁉　わ、我の力が……吸い取られていく⁉」

　俺に『存在力』が吸い取られていると察知したインは、すぐに『存在力』の発動を止めたものの、何故かインの体から『存在力』が止まらずに自然と溢《あふ》れ出し、そのまま俺の体に流れ込んできた。

「や、止《や》めろ！　これは……これは我の力だ！　我らの世界を創るための……！」

　圧し掛かっていたインの『存在力』が消えたことで、身動きが取れるようになった俺は、改めて【全剣】を構える。

「終わりだ！」

「ふざけるなああああああ！」

『存在力』の吸収を止められないと察したインは、逆に残っているすべての力を俺にぶつけてきた。

　しかし、俺はそれらを吸収しながら、【全剣】を手に突き進む。

　その結果、俺はインの持つすべての『存在力』を吸収してしまった。

「ふざけるな……我の集めた『存在力』を吸収するだと……認めぬ……認めぬぞおおおお！」

　インはそう叫ぶや否《いな》や、突如、その身体《からだ》が大きく蠢《うごめ》き始める。

腕や体は肉が隆起しては潰れ、どんどん膨張していくと、やがて巨大な肉の塊へと変貌した。

その肉の塊には、無数の触手らしきものが絡《から》みつき、脈動している。

いきなりの変化に驚く中、この空間中に響き渡るほど重い声が響いた。


『我の……我らの悲願の邪魔をするなッ！』


インの咆哮《ほうこう》と共に放たれる、無数の触手。

それらは一斉に俺目掛けて飛んできた。

しかし、そんな膨大な攻撃を前に……俺は至って冷静だった。

「──【全剣《ぜんけん》】」

【全剣】を手にした俺は、触手を斬り飛ばし。

「──【絶槍《ぜっそう》】」

その流れで『アイテムボックス』から【絶槍】を取り出すと、残りの触手を貫く。

「──【無弓《むきゅう》】」

【全剣】から【絶槍】へのコンビネーションによって近づく触手をすべて吹き飛ばした俺

は、新たに生成される触手を【無弓】で射貫《いぬ》く。

『これでも防げるか⁉』

だが、インはさらに触手の生成速度を速めると、【無弓】での対応が追い付かなくなった。

そして、今まで以上の触手による攻撃が、俺に迫る。

『ははははは！　我の攻撃で沈むがよいッ！』

「――――【天鞭《てんべん》】」

そんな中俺は、『アイテムボックス』から【天鞭】を取り出すと、それを大きく振り回した。

それにより、【天鞭】のテールの数が増え続け、自動的にインの触手を追尾すると、そのまま触手に巻き付き、すべて押しちぎる。

自身の攻撃をすべて捌かれたインは、焦《あせ》りの声を上げた。

『くっ……数でダメならば……⁉』

すると、数による攻撃を諦め、今度は触手を一つにまとめ上げると、巨大な槌《つち》のような形を形成し、そのまま俺に振り下ろした。

「――――【世界打《せかいう》ち】」

しかし、その攻撃を前に、俺は新たに【世界打ち】を取り出すと、触手の槌を真正面から打ち抜く。

一瞬の拮抗《きっこう》があったのち、【世界打ち】はインの触手槌《つい》を粉砕した。

こうしてインは攻撃手段を失うと、認めないと言わんばかりに取り乱した。

『あ、あり得ん……く、来るな……やめろおおおおお！』

最後に再び【全剣】を取り出しつつ、邪魔するものが何もなくなった俺は、一歩ずつ踏みしめるごとに、新たに吸収した力を全身に駆け巡らせ、どんどん加速していく。

そして――。

「はあああああああああああ！」

――『無為の一撃』。

すべての景色を置き去りにし、俺はインを斬り伏せた。

「ば……馬鹿な……我は……我らの世界は――」

そう呟《つぶや》きながら、インの体は崩れ、消えてしまった。

「い……イン様あああああああ！」

「そこですッ！」

「にゃッ！」

「があああああああっ！」

インが倒された直後、ベーダは冥子《メイコ》の『妖玉』と、ステラの爪による攻撃を受け、インと同じように消えていくのだった。

エピローグ

突如物置部屋に置かれた仮面が不思議な反応を示し、ナイトたちの顔に装着されてしまった。

妙な気配を感じ取った空夜《くうや》たちが気配の源を探すべく、物置部屋を物色していたところ、

「ナイト、アカツキ、シエル⁉」

そして、その瞬間、三匹は物置部屋から姿を消してしまったのだ。

「ちょ、ちょっと！　ナイトたち消えちゃったわよ⁉」

「……驚愕《きょうがく》。完全に気配が消えてる」

「一体、何が起こったんだ？」

まだ状況を把握しきれていないルナたちは、ただただ困惑していた。

すると、すぐさまナイトたちの気配を探っていたオーマが、目を見開く。

『馬鹿な……このチキュウどころか、アルジェーナからもナイトたちの気配が完全に消失しておる……！』

創世竜《そうせいりゅう》であるオーマは、扉越しとはいえ世界が繋《つな》がっていることで、世界の境界線を越えて対象物の気配を探ることができた。

しかし、そんなオーマでさえ、消えたナイトたちの気配を見つけることができなかったのである。

「不味《まず》い不味い不味いぞ！　優夜《ゆうや》になんて説明すればいいんじゃ……！」

「な、何か手掛かりはないの？」

「手掛かりと言えば、壁に残されたこの仮面じゃろうが、迂闊《うかつ》に触るとどうなるか分からん！」

「レクシア、間違っても触るなよ？」

「わ、分かってるわよ！」

優夜から留守を任されていたにもかかわらず、ナイトたちの身に何かが起きてしまったのだ。空夜としては、たまったものではない。

だが、トラブルはまだ終わらなかった。

「むっ⁉」

「レクシア、下がれ」

「……発見。気配の主？」

突然、強烈な気配が物置部屋を支配したのだ。
その気配こそ、空夜たちが探していたものであり、まさかこのタイミングで判明すると
は思ってもいなかった。
そして、その気配が感じ取れた場所は——。
「棺《ひつぎ》？」
『……この妙な棺の中から、気配がするな』
まるでエジプトの王族が納められているような、豪華な棺。
金の装飾と宝石が散りばめられ、一目見ただけで普通の棺ではないことが分かる。
警戒しながらその棺を見つめるオーマたち。
すると、ついに……棺の蓋がズレ動いて——。
「う……ここ、は……どこでしょうか……？」

＊＊＊

「終わった……のか……？」

俺は、周囲を警戒したままそう呟いた。

インたちは復活する気配はない。

それを確信したところで、急激に疲労感が襲い掛かり、俺はその場に膝をついた。

「ご主人様ッ！」

「にゅあああ！」

「あ……ありがとう、冥子」

すぐに俺を支えてくれる冥子。

「二人がベータを食い止めていてくれたから、俺はインと真っ向勝負することができた。本当にありがとう」

「い、いえ。私はご主人様に救われた身……こうしてご主人様のお役に立てて、本当に嬉《うれ》しいです」

「にゃ」

間違いなく、冥子とステラがいなければ、インには勝てなかっただろう。

そして何より、『俺』が託してくれた想《おも》いや力がなければ……。

ふと消えていった『俺』のことを思い出し、俺が暗い気持ちになっていると、クロから声がかかる。

『おい！　お前が吸収した『存在力』とやらが、今にも溢《あふ》れ出しそうだぞ！』

たのだ。

「え？」

俺がそんな気の抜けた返事をした瞬間、再び俺の胸のあたりから一気に光が放たれ始めたのだ。

「な、何が起きてるんだ⁉」

『体は痛くねぇのか？』

「何ともないけど……」

いきなりの現象に俺が戸惑う中、ひと際《きわ》強い光が、俺の胸元から放出された。

それは間欠泉のように噴き上がり、この漆黒の空間に降り注いでいく。

「こ、これは……」

すると、光の雨からシャボン玉の世界が次々と生まれてきたのだ！

「もしかして、これ……インが吸収した世界なのか⁉」

俺の予想が正しいのかは分からないが、光がこの『世界の間』に降り注ぐたびに、どんどんシャボン玉の世界は数を増やしていく。

そして気が付けば、数え切れないほどのシャボン玉が、『世界の間』に漂っていた。

それと同時に、俺の胸から溢れ出ていた光が止まる。

「もしかすると、インたちが世界を創るために蓄えていた力を、元の世界に戻すことができたのかな……」

どうしてこんな現象が起きたのかは、俺にも分からない。

でも、本当にこれで世界が元通りになったのだとしたら……。

「『俺』の世界も、救うことができたのかな……」

消えていった『俺』のことを考えて、俺はそう呟いた。

少し休憩したところで動けるようになった俺は、次なる問題にぶつかる。

それは……。

「さて……どうやって帰ろうか……」

「そうですね……」

インが言っていたことが正しいとすれば、この『世界の間』に残っていたのは俺の住む世界だけだった。

なので、その一つの世界を探し出してから、どうするか考えればよかったのだが、こうして無数の世界が復活した以上、もはやどこのどれが俺の世界なのかすら分からなくなってしまったのだ。

それに、もう一つ問題がある。

「ステラはどうなるんだ……？」

そう、ステラは元々この『世界の間』の住人。

つまり、世界から拒絶された存在なのだ。

もしかしたら、この地で生まれたのかもしれないが、どのみち世界が受け止められるほどの存在規模なのかは分からない。

そんなことを考えていると、ステラが声を上げる。

「にゃ」

「え？」

「にゃあ――――」

「はあ⁉」

次の瞬間、ステラの体が光の粒子に変わると、俺の体内に飛び込んできたのだ！

いきなりのことで戸惑っていると、クロが驚きの声を上げる。

『お、おい！　いきなりオレのところに猫が来たんだが⁉』

『にゃ～』

「ええ⁉　それって……ステラは出てこれるのか？」

『にゃ』

再びステラが短く鳴くと、俺の体から光の粒子が出現し、それはステラの姿になった。

「にゃにゃ」

「……」

予想外の光景に、俺も冥子《メイコ》も唖然《あぜん》とする。

そして、また光の粒子になり、ステラは俺の体内に戻っていった。

「こ、これならステラ様を私たちの世界に連れて帰れるんでしょうか……？」

「さ、さあ……それは分からないけど……」

俺の中に入ったとしても、ステラの存在規模が変わるとは思えないし……。

何はともあれ、ここら辺は実際に世界に帰ってみないと分からないだろう。

まあ、その帰還方法すら分からないわけだが……。

俺が本気で頭を悩ませていると、不意に『聖邪開闢《せいじゃかいびゃく》』が発動する。

「ご主人様？」

「い、いや、俺の意思で発動したわけじゃ……」

何故《なぜ》いきなり『聖邪開闢』が発動したのか分からないでいると、『聖邪開闢』のオーラがどこかへ導くように『世界の間』を流れていく。

もしかして……。

「この先に俺たちの世界があるのか？」

「ひとまず、ご主人様のオーラを辿《たど》ってみましょう！」

「ああ」

一縷《いちる》の望みを託しながら、そのオーラを辿って歩いていくと、やがて一つの世界が見えてくる。その世界は、周囲に漂うシャボン玉のような世界とは異なり、立方体の膜で包まれた世界だった。

よく見ると、その周囲には、同じ形をした世界が無数に浮いている。

「この辺りの世界は、他とは違うようですね……」

「恐らくだけど、この立方体の形をした世界こそが、俺たちの住む次元の世界なのかもな」

そんなことを考えていると、不意に脳内に声が響いた。

『――すごい場所にいますね、ユウヤ』

「え⁉　こ、この声は……アルジェーナさん⁉」

予想外の声の主に驚いていると、アルジェーナさんを知らない冥子が首を傾《かし》げた。

「ご主人様？　アルジェーナ様とは……」

「あ、ああ。俺の家が異世界と繋《つな》がっていることは知ってるだろう？　その異世界の名前こそアルジェーナさんで、今俺の脳に直接語り掛けてきてるんだ」

「え⁉　ほ、星に意思があるんですか？」

「あるみたいだね……」

他の星がどうなのかは知らないが、少なくともアルジェーナさんとはこうして意思疎通をとることができるのだ。

『まさかとは思いましたが、宇宙すら超え、その『世界の間』にいるとは……さすがの私も予想できませんでした。その地がどれほど危険な場所か分かっているのですか？』

「……はい。ですが、来なければならない理由があったんです……」

どこか咎《とが》めるような口調のアルジェーナさんに、俺は恐縮しながらも答えた。

すると、アルジェーナさんはため息を吐《つ》く。

『はぁ……その無謀なところは、ゼノヴィスに似たものがありますね。それよりも、帰る方法はあるのですか？』

「いえ、その……今どうやって帰ればいいかと悩んでまして……」

『……本当に無謀ですね』

俺の答えに、ますます呆《あき》れた様子のアルジェーナさん。ご、ごめんなさい……。

『まあいいでしょう。『聖邪開闢』を持つユウヤであれば、私の元に直接帰ってくることができるはずです』

「そ、そうなんですか？」

『ええ。『聖邪開闢』を発動させ、目の前の世界に近づきなさい。そうすれば、その力が私の中まで導いてくれるでしょう――――』

アルジェーナさんはそう告げると、それから声が聞こえなくなった。

思いもよらぬところから解決策を得た俺は、改めて『聖邪開闢』を発動させる。

「冥子！　この状態でこの世界に近づけば、帰れるみたいだ。俺と魂の契約を結んだ冥子だったら問題なく一緒に帰れると思う。だから、俺に近づいてくれ」

「はい！」

冥子はそう言うと、俺の体に抱き着いてくる。

せ、世界に帰るためとはいえ、ここまで密着されるのはすごく気恥ずかしかったが、そんな思いはすぐに振り払い、俺たちはアルジェーナさんの世界へと足を進めた。

そして――――。

「――――！」

凄《すさ》まじい勢いで、あらゆる景色が視界を通り過ぎていく。

俺がその光景に目を奪われていると、気づけば俺のよく知る……賢者さんの家へと戻って来ていた。

「か、帰ってこれた、のか……？」

改めて周囲を見渡すが、やはり俺のよく知る賢者さんの家で間違いなかった。

「や、やったあああ！」

つい、無事に帰れたことで喜びの声を発する俺。

一時はどうなるかと思ったが、こうして帰還できて本当によかった……！

「さて……インの話だと、『世界の間』は時間の概念がないみたいだったけど、時間のズレはあるのかな？」

「どうでしょうか……どちらにせよ、霊冥《レイメイ》様にも報告が必要かと」

「そうだね。それじゃあ一度、向こうの家に戻って――――」

「――ユウヤ君……！」

「え？」

家の中に入ろうとした瞬間、呼び止められた俺は、声の方に視線を向けた。

するとそこには、ボロボロになったイリスさんの姿があった。

「い、イリスさん!?」

俺が慌ててイリスさんに駆け寄ると、イリスさんは俺を見て気が抜けたのか、その場に崩れ落ちる。

俺が間一髪でイリスさんを抱きとめると、イリスさんは声を絞り出した。

「わ、私たちを……助けて……！」

――世界に帰還して早々、俺は新たなトラブルに巻き込まれていくのであった。

＊＊＊

一方、その頃……。

「わ、わふ？」

「ぶひ」

「ぴ？」

謎の仮面が顔に装着され、消失したと思われたナイトたちは、奇妙な空間に立っていた。

荒廃した大地に、滅んだであろう文明の残骸。

紫色の空に、赤い月が二つ浮かんでいた。

「わふぅ……」

どう見てもナイトたちの知る世界ではなく、警戒しながら周囲を見渡すが、生命体らしきものは確認できなかった。

するとナイトは足元にここに飛ばされた元凶である仮面が落ちていることに気づく。

「……わふ」

ひとまず警戒しながら仮面を触るが、特に何の反応もなかった。

「ぶひ。ぶひ～」

「ぴぃ！」

「わふ⁉　ワン！」

そんな中、この場に来たときと同じように仮面を被《かぶ》れば転移できると考えたのか、アカツキとシエルはいつも通りマイペースに、落ちている仮面を拾うと、何のためらいもなく顔に装着する。

慌ててナイトが止めようとするが、アカツキたちは気にせず仮面を被り続けた。

ただ、仮面をつけたところで何も反応がなかったため、ナイトはひとまず安心する。

「わふぅ……」

どこまでもマイペースな二人に辟易《へきえき》しつつ、前を向く。

この世界はどこなのか。

どうして自分たちだけがこの世界に飛ばされたのか。

何も分からないが、ナイトたちは何とかして優夜《ゆうや》の元に帰る必要がある。

「わん、わん！」

「ぶひ？　ふご～」

「ぴ！」

ナイトは率先して二匹に声をかけると、この奇妙な世界を探索することに決めた。

一体、何が待ち受けているのか……三匹の旅は、始まったばかりだった。

あとがき

この作品をお手に取っていただき、ありがとうございます。

作者の美紅《みく》です。

第14巻ですが、各所でトラブルが発生している事態になってます。

それら一つ一つをこなしていく優夜《ゆうや》は、大変だろうなぁと思いました。

特に今回は『世界の間』という、訳の分からない場所まで登場し、作者である私ですらどうしてこうなったのか分かりません。

異世界でのシュウたちや、ナイトたちの行方、そして棺《ひつぎ》から出てきた存在など、どこに向かっているのでしょうか。

ひとまず、未来の自分が何とかしてくれるでしょう。

それよりも、今回はステラという、新しい家族が仲間入りしました。

私はアレルギーで猫と触れ合えなかったため、そこでの欲求が形となって現れたのかなと思っています。

そんなステラの活躍も楽しみにしていただけると嬉《うれ》しいです。

また、現在TVアニメも放送中です。

素晴らしいスタッフと演者の皆様のおかげで、この作品がより一層面白くなり、本当に感謝しております。

皆様もぜひ、見ていただけると嬉しいです。

さて、今回も大変お世話になりました担当編集者様。

カッコいいイラストを描いてくださった桑島黎音《くわしまれいん》様。

そして、この作品を読んでくださっている読者の皆様に、心より感謝を申し上げます。

本当にありがとうございます。

それでは、また。

美紅

お便りはこちらまで

〒一〇二―八一七七
ファンタジア文庫編集部気付
美紅（様）宛
桑島黎音（様）宛

富士見ファンタジア文庫

異世界《いせかい》でチート能力《スキル》を手《て》にした俺《おれ》は、現実世界《げんじつせかい》をも無双《むそう》する14
～レベルアップは人生《じんせい》を変《か》えた～

令和５年６月20日　初版発行
令和５年７月20日　再版発行

著者――美紅《みく》

発行者――山下直久
発　行――株式会社KADOKAWA
〒102-8177
東京都千代田区富士見2-13-3
0570-002-301（ナビダイヤル）
印刷所――株式会社暁印刷
製本所――本間製本株式会社

ISBN978-4-04-075016-3 C0193　◇◇◇

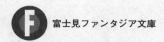

切り拓け！キミだけの王道
ファンタジア大賞
原稿募集中！
賞金
《大賞》300万円
《金賞》50万円
《銀賞》30万円
選考委員
細音啓「キミと僕の最後の戦場、あるいは世界が始まる聖戦」
橘公司「デート・ア・ライブ」
羊太郎「ロクでなし魔術講師と禁忌教典《アカシックレコード》」
ファンタジア文庫編集長
前期締切 8月末日
後期締切 2月末日
公式サイトはこちら！ https://www.fantasiataisho.com/
イラスト／つなこ 猫鍋蒼 三嶋くろね